इंगलिश-हिन्दी माडर्न लैटरिंग
ENGLISH-HINDI MODERN LETTERING

इंगलिश-हिन्दी मार्डन लैटरिंग
ENGLISH–HINDI MODERN LETTERING

लेखक
ए. एच. हाशमी

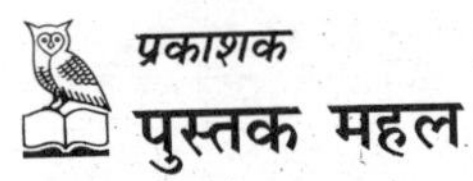

प्रकाशक
पुस्तक महल

प्रशासनिक कार्यालय एवं विक्रय केन्द्र
J-3/16, दरियागंज, नई दिल्ली-110002
☎ 23276539, 23272783, 23272784 • फैक्स: 011-23260518
E-mail: info@pustakmahal.com • Website: www.pustakmahal.com

शाखाएं
बंगलुरू: ☎ 080-2234025 • टेलीफैक्स: 080-22240209
E-mail: pustak@sancharnet.in • pustak@airtelmail.in

मुंबई: ☎ 022-22010941, 022-22053387
E-mail: rapidex@bom5.vsnl.net.in

पटना: ☎ 0612-3294193 • टेलीफैक्स: 0612-2302719
E-mail: rapidexptn@rediffmail.com

ISBN 978-81-223-0494-7

संस्करण: 2014

मुद्रक: राधा ऑफसेट, दिल्ली

अपनी बात

आज भाषा के दृश्य-रूप का विज्ञापन और प्रचार के क्षेत्र में जो महत्त्व है, उसकी ओर सर्व साधारण का जितना ध्यान गया है, उससे और भी ज्यादा ध्यान जाना चाहिए था। आप देखेंगे कि आज प्रिंट मीडिया ही नहीं, इलैक्ट्रॉनिक मीडिया में भी विज्ञापन का जबरदस्त बोलबाला है और उसी हिसाब से लैटरिंग का विकास हुआ है। आज पुस्तक प्रकाशन में भी कवर डिज़ाइन में ही नहीं अंदर की पठित सामग्री में भी कलात्मक, यानी फैंसी लैटरिंग का चलन हो गया है और चैप्टर हेडिंग्स तो कलात्मक होते ही हैं। साथ ही जहां तक मैंने महसूस किया है, उससे मैं इस निर्णय पर पहुंचा हूं कि कमर्शियल आर्टिस्टों ने लिपि में कलात्मक अक्षरों के आकार-प्रकार के सम्बन्ध में जो प्रयोग किए हैं, इनसे अनमोल रत्न आविष्कृत हुए हैं। आज सैकड़ों तरह की कैलीग्राफी मौजूद है और कम्प्यूटर के हिसाब से देखें, तो इनकी गिनती का कोई ठिकाना ही नहीं।

अंग्रेजी, हिन्दी तथा विश्व की अन्य समृद्ध भाषाओं के पेस्टर, विज्ञापन, होर्डिंग, नियोन साइन और डिस्पले बोर्डों को देखकर इस बात का अंदाजा अच्छी तरह से लगाया जा सकता है कि अक्षरों के कलात्मक रूप का कितना विकास हो चुका है। इस विकास की गति देखें, तो पाएंगे कि यह अत्यधिक तीव्र है। लेज़र टाइप सेटिंग ने इस गति को अद्भुत बना दिया है।

वर्तमान युग विज्ञापन का युग है और विज्ञापन तभी आकर्षक और सुंदर बन सकते हैं, जब उनकी भाषा के अक्षर लुभावने स्टाइल में लिखे जाएं। विज्ञापन और प्रचार के लिए आवश्यक है कि अक्षरों का चयन इस प्रकार किया जाए कि वांछित सन्देश को वे सशक्त रूप में पहुंचा सकें तथा उसके पीछे जो भावना है, वह अक्षरों के रूप-रंग और स्टाइल से जाहिर हो, यानी सुन्दर और प्रभावपूर्ण की परिभाषा के बजाए, उन्हें पहचानना ज्यादा आसान हो। वस्तुतः लैटरिंग आर्टिस्ट वही है, जिसके लिखे गए अक्षरों में भावना के अनुकूल हंसी, खुशी, शोक, दुःख या भय की झलक हो। आर्टिस्ट किस प्रकार सुन्दर लैटरिंग करे? इसी उदेश्य को मद्देनज़र रखकर यह पुस्तक नहीं लिखी गई, बल्कि सिद्धांत की अपेक्षा सर्वत्र क्रियात्मकता या अमल पर ही जोर दिया गया है। मेरा सर्वोपरि उद्देश्य

यही है कि पाठक इस पुस्तक से पूरा लाभ उठा सकें। मुझे विश्वास है कि डिजाइनर्स, ग्राफिक आर्टिस्ट्स, ड्राफ्ट्समैन, टाइपोग्राफर्स, पेंटर्स तथा वे सभी लोग, जो ग्राफिक आर्ट से सम्बन्धित हैं, इस पुस्तक को स्वयं पढ़ना एवं अपने पास रखना पसन्द करेंगे। यह पुस्तक ड्राइंग-पेंटिग के छात्र-छात्राओं के लिए भी उपयोगी है। आज ग्राफ़िक डिज़ाइनर तो अपने कम्प्यूटर में इन सैकड़ों तरह के अक्षरांकनों को विशेष रूप से डाल लेते हैं।

इस पुस्तक में अक्षरांकन में काम आने वाले सभी उपकरणों का वर्णन तथा प्रयोग करने की सचित्र विधि भी दी गई है। इसके अलावा टाइप तथा अक्षरांकन की टर्मिनॉलॉजी भी विस्तार से समझाई गई है। विभिन्न अंग्रेजी-हिन्दी अक्षरों को लिखने के लिए प्रारम्भिक स्ट्रोक्स, लैटरिंग पेन तथा ब्रशों द्वारा इंगलिश, हिन्दी की फ्री हैण्ड लैटरिंग के सरल तरीके भी चित्रों के माध्यम से सरल-सुबोध भाषा में समझाए गए हैं। इसका एक अध्याय स्टैण्डर्ड टाइप तथा लैटरिंग तो एक अनमोल खज़ाना है, जो ढेरों प्रकार की टाइपोग्राफी से आपको परिचित कराता है।

पुस्तक के अन्त में मॉडर्न स्टाइल से लिखे अंग्रेजी-हिन्दी अक्षरों के सैकड़ों नमूने दिए गए हैं, जिनसे कमर्शियल आर्टिस्ट, पेण्टर्स, ग्राफिक आर्टिस्ट, डिजाइनर्स तथा वे लोग, जो अक्षरांकन कला को अपनाना चाहते हैं, लाभान्वित हो सकेंगे। यह वास्तव में अपने विषय की बहुआयामी पुस्तक है, जो हर क्षेत्र में अपनी उपयोगिता की छाप छोड़ने में सक्षम है।

-ए. एच. हाशमी

अनुक्रम

अध्याय : 1

उपकरण व उनका उपयोग
(INSTRUMENTS AND THEIR USE)

लैटरिंग (अक्षरांकन) में उपकरणों के उपयोग का बहुत महत्त्व है। साधारण लैटरिंग करने के लिए तो पेंसिल, पेन, ब्रुश, स्याही और कागज़ ही काफी हैं, परंतु अनेक ऐसी सामग्रियां भी हैं, जिनसे लैटरिंग में न केवल सहायता ही मिलती है, बल्कि उनका प्रयोग उनकी कलात्मकता को बढ़ा देता है। एक लैटरिंग आर्टिस्ट को विभिन्न उपकरणों के संबंध में जानकारी के साथ-साथ उनके प्रयोग की सही विधि भी मालूम होनी चाहिए। लैटरिंग के लिए आवश्यक सामग्री 'लोकल आर्ट स्टोर' से उपलब्ध हो सकती है। आवश्यक सामग्री निम्नलिखित हैं :

पेंसिल (Pencils)—लैटरिंग (अक्षरांकन) में पेंसिल अत्यंत आवश्यक चीज़ है। पेंसिलें विभिन्न ग्रेडों में उपलब्ध हो सकती हैं। यह सॉफ्ट (Soft) तथा हार्ड दोनों प्रकार की होती हैं। 'B' सीरीज़ की पेंसिलें प्रायः सॉफ्ट तथा 'H' सीरीज़ की हार्ड कहलाती हैं।

H B—यह मिडियम पेंसिल है। लैटरिंग में इसी का उपयोग सबसे अधिक किया जाता है, क्योंकि यह न तो अधिक काली होती है और न अधिक हार्ड और जल्दी टूटती भी नहीं। इससे खींची गई रेखाओं को आवश्यकता पड़ने पर आसानी से मिटाया जा सकता है।

रबर (Erasers)—पेंसिल की रेखाओं को मिटाने के लिए मुलायम रबर का प्रयोग करना चाहिए। सख्त रबर कागज़ और उसके धरातल को नष्ट कर देती है।

सैंडपेपर (Sandpaper)—यह एक प्रकार का सख्त कागज़ होता है, जिस पर कांच के बारीक कण जमे होते हैं। इस कागज़ पर पेंसिल की नोक को घिसकर बारीक किया जाता है। किसी भी 'आर्ट स्टोर' से सैंडपेपर पैड आसानी से मिल सकता है।

टी-स्क्वायर (T-SQuares)—यह लकड़ी की बनी होती है, जिसके किनारे परस्पर समकोण पर जुड़े होते हैं और इसकी आकृति अक्षर 'T' के समान होती है। इसको ड्राइंग बोर्ड के किनारे पर दबाकर चलाने से समानांतर रेखाएं खींची जा सकती हैं।

ट्राइऐंगल (Triangles)—यह प्लास्टिक के बने समकोण त्रिभुज की आकृति के समान होते हैं। इसकी दो आकृतियां होती हैं–पहली आकृति के दो कोण 45^0 के और एक समकोण (90^0) होता है। दूसरी आकृति के कोण 30^0, 60^0 तथा 90^0 के होते हैं। इनका प्रयोग समानांतर रेखाएं खींचने, कोण बनाने तथा लंब खींचने में किया जाता है।

कोण-मापनी (Protector)—यह अर्द्धवृत्ताकार तथा आयताकार दो प्रकार के होते हैं। इसकी परिधि 0^0 से 180^0 तक भागों में बंटी होती है। इसका इस्तेमाल कोण बनाने या मापने में किया जाता है।

पटरी (Rulers)—यह लकड़ी, प्लास्टिक तथा धातु के बने होते हैं। लकड़ी के रूलर से अच्छा कार्य नहीं होता। प्लास्टिक तथा धातु के रूलरों से संतोषजनक कार्य होता है। इन पर इंच तथा सेंटीमीटर के चिह्न अंकित होते हैं।

उपकरण बॉक्स (Instrument box)—इसमें आर्टिस्टों के लिए सभी आवश्यक उपकरण होते हैं, परंतु विशेष उपकरण हैं—रूलिंग पेन, इंक कम्पास, पेंसिल कम्पास तथा डिवाइडर। इनसे काम करने का सही तरीका चित्रों में देखिए।

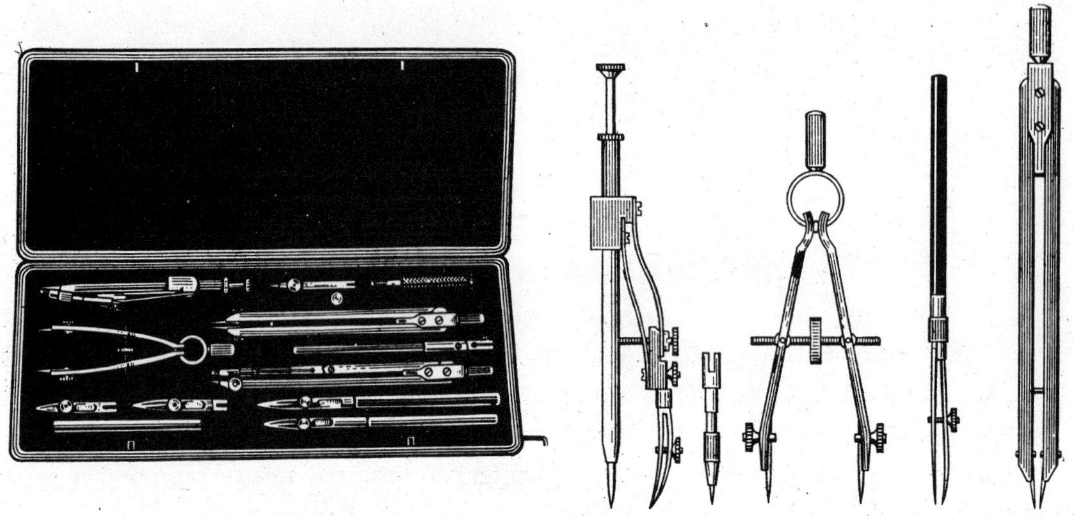

ड्राइंग बोर्ड (Drawing Board)—यदि आपके पास प्रोफेशनल ड्राइंग टेबल नहीं है, तो लैटरिंग के लिए ड्राइंग बोर्ड का होना बहुत ज़रूरी है, क्योंकि इसके प्रयोग से कार्य ठीक और सुंदर होता है। इसका प्रयोग कागज़ के साधने में किया जाता है। यह प्रायः चीड़ की लकड़ी के बने होते हैं और स्टैंडर्ड साइज़ों में किसी भी 'आर्ट स्टोर' से खरीदे जा सकते हैं।

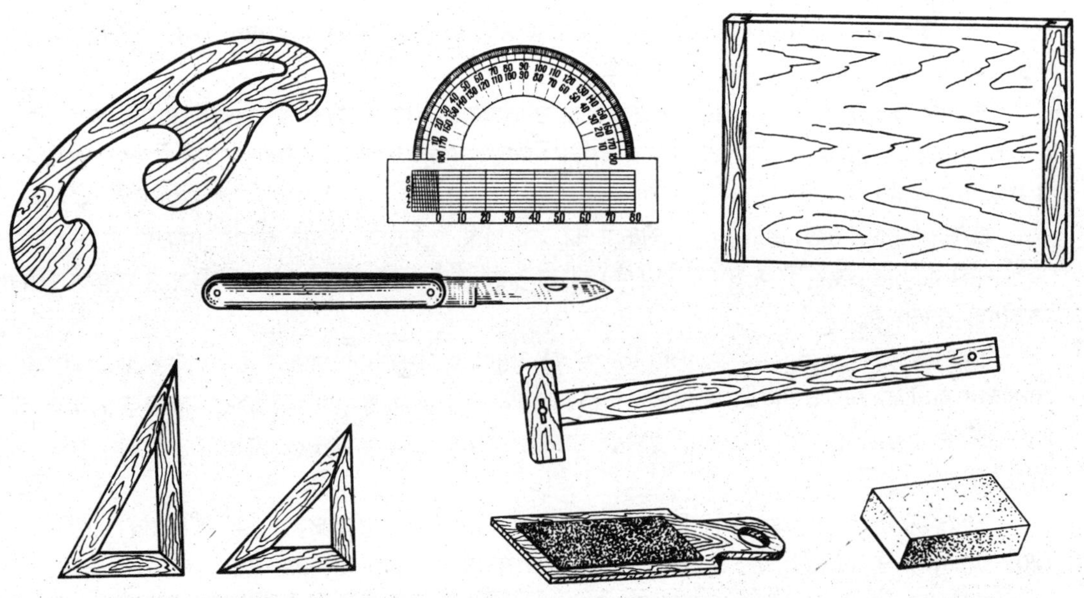

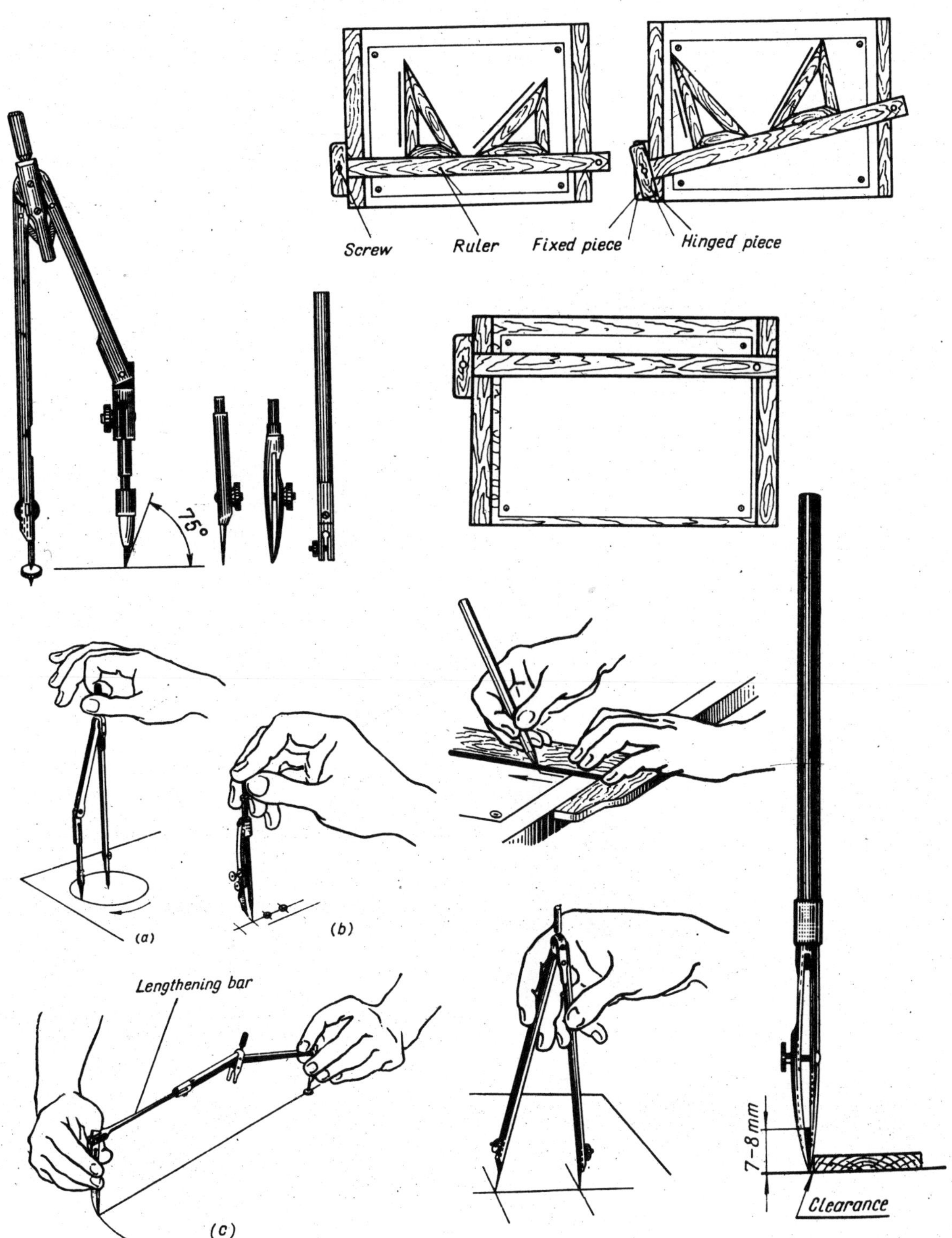
Screw
Ruler
Fixed piece
Hinged piece
75°
(a)
(b)
Lengthening bar
(c)
7–8 mm
Clearance

ब्रुश (Brushes)—लैटरिंग ब्रुश मुख्यतः दो प्रकार के होते हैं—राउण्ड-फ़ेरूल ब्रुश तथा फ्लैट फ़ेरूल ब्रुश।

राउण्ड-फ़ेरूल ब्रुश 1 से 20 नंबर तक उपलब्ध हो सकते हैं। इन ब्रुशों से लगभग 3/8" तक के स्ट्रॉक लगाए जा सकते हैं। प्रायः इनका उपयोग पोस्टर लैटरिंग में किया जाता है।

फ्लैट-फ़ेरूल ब्रुश प्रायः नंबरों में उपलब्ध नहीं होते, बल्कि ये रेखीय चिज़ल ऐज की चौड़ाई (Linear width of the chisel edge) के अनुसार 1/4" से 3/4" के साइज़ों में उपलब्ध होते हैं।

लैटरिंग में मुख्यतः सिंगल-स्ट्रॉक, चिज़ल-ऐज शोकार्ड तथा प्वाइंटिड वाटरकलर लैटरिंग ब्रुशों का प्रयोग किया जाता है।

अच्छे ब्रुश में मुलायम और बढ़िया ब्रिस्टल प्रयोग होते हैं। उत्तम क्वालिटी के लैटरिकंग ब्रुश रशियन सेबिल ब्रिस्टल्स के होते हैं, जो कोमल और चमकदार तो होते ही हैं, साथ ही उनके बाल बहुत दिनों तक प्रयोग किए जा सकते हैं। परंतु ये ब्रुश काफी महंगे होते हैं। लैटरिंग के लिए साधारण किस्म के ब्रुश भी इस्तेमाल किए जा सकते हैं, परंतु अच्छी तरह देख लीजिए कि ब्रुश के बाल लंबे और कोमल हों। बालों को मोड़ देने पर वें फिर सीधे हो जाने चाहिए तथा पानी में भिगोने पर ब्रुश की नोक पतली तथा लंबी हो जानी चाहिए।

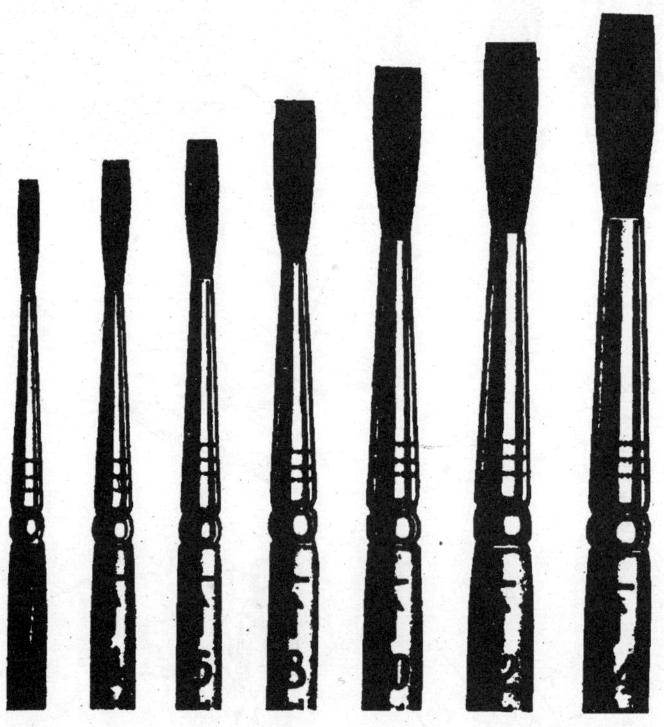

लैटरिंग पेन (Lettering Pens)—फ्रीहैंड लैटरिंग में स्पीडबाल (Speedball) पेनों का मुख्य रूप से इस्तेमाल किया जाता है। स्पीडबाल पेन 'Hunt Manufaturing Company' के बने हुए होते हैं। इस किस्म के पेन विभिन्न कंपनियों ने विभिन्न ट्रेड नामों से भी बनाए हैं। स्पीडबाल पेन A, B, C तथा D स्टायलों में उलब्ध हो सकते हैं—

A-स्टायल—इन पेनों से स्क्वायर पोस्टर टाइप के अक्षर लिखे जाते हैं। इसमें 6 साइज़ होते हैं।

B-स्टायल–इन पेनों से सिंगल स्ट्रॉक राउण्ड गॉथिक अक्षर लिखे जाते हैं। इसमें 8 साइज़ होते हैं।

C-स्टायल–यह पेन कलम की तरह कटे हुए होते हैं। इनसे थिक एण्ड थिन रोमन तथा इटैलिक अक्षर लिखे जाते हैं। इसमें 7 साइज़ होते हैं।

D-स्टायल–ओवल मार्किंग टिप के इन पेनों से थिक एण्ड थिकर बोल्ड पोस्टर अक्षर लिखे जाते हैं। इसमें 7 साइज़ होते हैं।

स्पीडबाल पेनों के अतिरिक्त लैटरिंग में 'स्टील ब्रुश', क्रोक्युल पेन तथा फाउंटेनपेन का भी इस्तेमाल क्रिया जाता है।

STYLE 'A' SQUARE for SQUARE GOTHIC, BLOCK ALPHABETS, NOVELTY BORDERS, ETC.

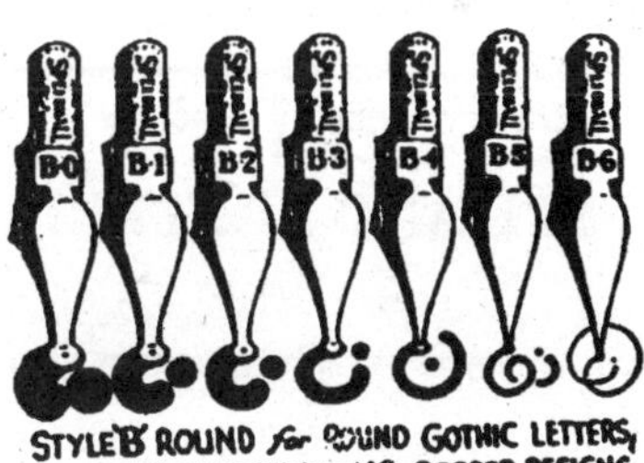

STYLE 'B' ROUND for ROUND GOTHIC LETTERS, UNIFORM LINE DRAWING, BORDER DESIGNS

STYLE 'C' OBLONG for ROMAN, TEXT, ITALICS, SCRIPT ALPHABETS, ACCENTED LINE DRAWING.

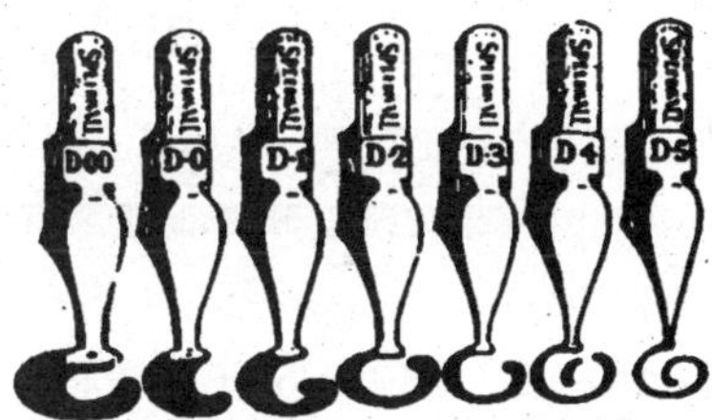

STYLE 'D' OVAL for BOLD ROMAN, TEXT, ITALICS, SCRIPT ALPHABETS, BOLD SHADED LINE DRAWINGS.

इंक तथा रंग (Ink and Colour)—लैटरिंग करने में प्रायः वाटर-बेस्ड ब्लैक इंक का इस्तेमाल करते हैं। इसको इंडिया इंक भी कहते हैं। आमतौर से लैटरिंग के लिए 'कैमलिन प्राइवेट लिमिटेड' द्वारा निर्मित कैमल ड्राइंग इंक इस्तेमाल होती हैं। यह इंक ब्लैक तथा वाटरप्रूफ होती हैं, इनमें कई क्वालिटी हैं। फ्रीहैंड लैटरिंग के लिए प्रॉडक्ट नं. 98 (ड्राइंग इंक फार रैपिडोग्राफ) उपयुक्त रहती है, क्योंकि यह इंक जेट-ब्लैक (Jet-black), वाटरप्रूफ होने के साथ-साथ पेन में जमती भी नहीं है।

वाटरप्रूफ ब्लैक इंक के अतिरिक्त विभिन्न रंगों की पारदर्शक तथा वाटरप्रूफ इंक भी उपलब्ध हो सकती है। लैटरिंग करने में पोस्टर कलर्स तथा ऑयल-बेस्ड पेंट्स का भी उपयोग करते हैं।

कागज़ (Paper)—लैटरिंग में कई प्रकार के कागज़ प्रयोग किए जाते हैं। रफ़ काम या अभ्यास के लिए किसी भी किस्म का कागज़ इस्तेमाल किया जा सकता है, लेकिन यथासंभव ड्राइंग पेपर का उपयोग करना चाहिए। आप आवश्यकतानुसार स्मूथ, रफ या ग्लेज़्ड पेपर इस्तेमाल कर सकते हैं। लैटरिंग करने में आर्टिस्ट प्रायः आइवरी, आर्ट कार्ड तथा इलस्ट्रेशन बोर्ड का उपयोग करते हैं।

अन्य सामान–लैटरिंग करने में कुछ अन्य सामग्री की भी ज़रूरत पड़ती है जैसे–पेंसिल शार्पनर, ब्लेड, वाटर जार (पानी का मग), मास्किंग टेप, मैट नाइफ, कलर प्लेट या कांच की छोटी-छोटी प्यालियां, बोर्ड पिन, रबर सीमेंट, ट्रेसिंग पेपर तथा सफेद-स्वच्छ कपड़े का रूमाल इत्यादि।

अध्याय : 2

टाइप तथा लैटरिंग टर्मिनॉलॉजी
(TYPE AND LETTERING TERMINOLOGY)

किसी भी भाषा की लिपि में अक्षरों का विशेष महत्त्व होता है। अक्षर आपस में सार्थक संबंध के द्वारा शब्द और वाक्यों का निर्माण करते हैं।

अक्षरों का वर्गीकरण

स्टायलों के अनुसार अक्षरों को पांच वर्गों में बांटा गया है :

गॉथिक (Gothic)—इस स्टायल के अक्षरों की मोटाई प्रत्येक ओर से समान होती है अर्थात् इनका प्रत्येक अंग समान रूप से मोटा होता है।

रोमन (Roman)—इस स्टायल के अक्षरों की ऊंचाई और मोटाई समान होती है, परंतु उसके विभिन्न अंग मोटे और पतले (Thick and thin) होते हैं; प्रायः इनमें सेरिफ (Serifs) का प्रयोग किया जाता है।

इजिप्शन (Egyption)—इन अक्षरों की ऊंचाई ज्यादा तथा मोटाई कम होती है। यह एक ही मोटाई (One-thickness) के तथ सन्स्-सेरिफ (Sans-serif) गॉथिक अक्षर होते हैं। प्रायः यह विशिष्ट त्रिभुजाकार अथवा पट्टी की भांति सेरिफ से पहचाने जाते हैं।

टैक्स्ट (Text)—इस स्टायल के अक्षर तिरछे लिखे जाते हैं। अक्षरों के झुकाव का कोण लगभग 70^0 होता है। इस स्टायल में इटैलिक गॉथिक तथा इटैलिक रोमन मुख्य हैं।

अक्षरों की बनावट का वर्गीकरण

अक्षरों की बेसिक बनावट को निम्नलिखित वर्गों में बांटा जा सकता है :

1. फेस (Face)

(a) लाइट (Light)—जो अक्षर प्रायः इकहरे (पतले) तथा वज़न में अप्रभावक होते हैं, लाइट फेस के अक्षर कहलाते हैं।

(b) डार्क अथवा काला (Dark or Black)—जो अक्षर बोल्ड तथा भारी होते हैं, डार्क अथवा काला फेस के अक्षर कहलाते हैं।

2. रचना (Construction)

(a) सिंगल-स्ट्रॉक (Single-stroke)—यह अक्षर लैटरिंग टूल से सिंगल स्ट्रॉक में लिखे होते हैं।

(b) बिल्ड-अप (Build-up)—इन अक्षरों को आवश्यकतानुसार एक से अधिक स्ट्रॉक का उपयोग करके बोल्ड बनाया जाता है।

3. चौड़ाई (Width)

(a) कन्डेन्स्ड (Condensed)—इस प्रकार के अक्षर साधारण अक्षरों की अपेक्षा कम चौड़े होते हैं। प्रायः इन अक्षरों की ऊंचाई अधिक और चौड़ाई कम होती है।

(b) एक्स्टेंडिड (Extended)—यह अक्षर खुले एवं फैले हुए होते हैं। इनकी चौड़ाई साधारण अक्षरों की अपेक्षा अधिक होती है।

4. फिनिश (Finish)

(a) सेरिफ (Serif)—अक्षर में स्ट्रॉक्स के अंत में (ऊपर तथा नीचे) लगाई गई रेखा को सेरिफ कहते हैं।

(b) सन्स्-सेरिफ (Sans-serif)—जिन अक्षरों में सेरिफ का उपयोग नहीं किया जाता, उनको सन्स्-सेरिफ कहते हैं।

5. प्रैक्टिकेबिलिटी (Practicability)

(a) सामान्य टैक्स्ट के लिए–प्रायः सादा अक्षरों का इस्तेमाल रीडिंग मैटर में किया जाता है।

(b) डिस्प्ले (प्रदर्शन) के लिए–बड़े साइज़ के अक्षरों का इस्तेमाल प्रायः टाइटिल्स, हैडिंगूस तथा कैपशन्स में किया जाता है।

अक्षरों की बेसिक बनावट

आमतौर से अक्षरों की बनावट में निम्नलिखित बेसिक टर्म्स (terms) का इस्तेमाल किया जाता है :

अपर केस (Upper Case)—कैपिटल अक्षर जिनको कैप्स (Caps) भी कहते हैं। अंग्रेज़ी टाइप के केस के एक सेट में दो केस होते हैं–अपर तथा लोअर। अपर केस में कैपिटल अक्षर होते हैं।

लोअर केस (Lower Case)—जिनको स्मॉल लैटर्स भी कहते हैं। स्मॉल लैटर्स को लोअर केस इसलिए कहते हैं कि जिस खाने में या केस में कैपिटल लैटर्स रखे जाते हैं, वह केस ऊपर की ओर स्टैंड पर रहता है और स्मॉल लैटर वाला केस नीचे की ओर रहता है।

फेस (Face)—अक्षर के बाह्य रूप को उसका फेस कहते हैं।

स्ट्रॉक (Stroke)—वे विशिष्ट संरचनात्मक अवयव जिनसे अक्षर का रूप बनता है।

स्टेम (Stem)—अक्षर का मुख्य ऊर्ध्वाधर (Upright) अवयव।

हेयरलाइन (Hairline)—मोटे तथा पतले अक्षरों की बलाघातहीन रेखा Unaccented line)।

डिसेंडर (Descender)—लोअर-केस अक्षरों का वह अवयव जो नीचे की ओर बेस लाइन से ड्रॉप लाइन तक फैलता है, जैसे–लोअर-केस के अक्षरों y की टेल।

असेंडर (Ascender)—लोअर-केस के अक्षर का वह अवयव जो ऊपर की ओर बढ़ता है, उदाहरण के तौर पर लोअर-केस के अक्षर b का ऊर्ध्वाधर स्टेम।

क्रॉसबार (Crossbar)—वह समतल स्ट्रॉक जो अक्षर की बॉडी से गुज़रता है जैसे–कैपिटल H का सेंटर स्ट्रॉक लोअर-केस के t का शॉर्ट स्ट्रॉक।

सेरिफ् (Serif)—अक्षर के स्ट्रॉक के अंत में लगाई गई लाइन को सेरिफ कहते हैं।

फिलुइट (Fillet)—वह कनेक्टिंग ब्रेकिट जो स्टेम और सेरिफ से मिलता है।

निक (Nick)—गाइड लाइन के करीब का वह त्रिभुजाकार क्षेत्र जो दो स्ट्रॉक्स के मिलने से बनता है।

केर्न (Kern)—कुछ स्टायलों में गेंद (Ball) की भांति बनने वाला भाग जैसे–लोअर-केस में y के नीचे का भाग।

लूप (Loop)—अक्षर का कर्व अथवा गोल भाग, उदाहरण के तौर पर कैपिटल B अक्षर में डबल राउंड एलिमेंट्स।

स्वॉश (Swash)—अक्षर का वह अवयव जो टेल (पूंछ) की तरह बनाया जाता है, जैसे कुछ स्टायलों में कैपिटल अक्षर Q तथा R।

काउंटर (Counter)—अक्षर के लोब का बीच का सफेद खाली स्थान, जैसे लोअर-केस में अक्षर e।

कैप अथवा असेंडर रेखा (Cap or Ascender Line)—वह गाइड लाइन जो कैपिटल अक्षरों तथा लोअर केस के अक्षरों की ऊंचाई को नियंत्रित करती है।

'टी' रेखा ('T' Line)—वह गाइड लाइन जो लोअर-केस के अक्षर t की ऊंचाई को नियंत्रित करती है।

वेस्ट रेखा (Waist Line)—वह गाइड लाइन जो लोअर-केस के अक्षरों की मैन बॉडी की ऊंचाई को नियंत्रित करती है।

बेस रेखा (Base Line)—वह गाइड लाइन जो सभी कैपिटल अक्षरों तथा लोअर-केस के अक्षरों की बॉडी की बेस लाइन होती है।

ड्रॉप अथवा डिसेंडर रेखा (Drop or Descender Line)—वह गाइड लाइन जो लोअर-केस के तमाम अक्षरों की लेंग्थ को नियंत्रित करती है।

अध्याय : 3

अभ्यास की शुरुआत

अभ्यास शुरू करने से पूर्व आवश्यक सामान चैक कर लीजिए। सामान को अपने करीब ही रखिए और ऐसे स्थान पर बैठिए, जहां प्रकाश का अच्छा प्रबंध हो और कार्य करने में किसी प्रकार की कठिनाई न हो।

ड्राइंग बोर्ड को मेज पर रखिए और बोर्ड के नीचे एक तरफ कोई पुस्तक वगैरह रख दीजिए ताकि ड्राइंग बोर्ड सामने से ऊपर उठा रहे। अब कुर्सी पर बैठ जाइए और ड्राइंग शीट को ड्राइंग बोर्ड के बीच में सैट कीजिए। कागज़ के चारों कोनों पर चार पिनें गाड़ दीजिए या टेप लगा दीजिए ताकि अभ्यास करते समय कागज़ अपनी जगह से हिलने न पाए।

अब आप अभ्यास के लिए तैयार हैं। अभ्यास की शुरुआत कहां से की जाए? आप जानते हैं कि किसी अक्षर की रचना करने में कुछ स्ट्रॉक्स लगाने पड़ते हैं। यह स्ट्रॉक्स लैटरिंग पेन या ब्रुश द्वारा लगाए जाते हैं। यदि यह स्ट्रॉक्स ठीक नहीं लगाए जाएंगे, तो अक्षर का तमाम सौंदर्य नष्ट हो जाएगा। सही स्ट्रॉक्स लगाने के लिए पेन तथा ब्रुश के इस्तेमाल का तरीका जानना ज़रूरी है।

ब्रुश को पकड़ने हा सही तरीका यह है कि ब्रुश उंगली पर रखकर अंगूठे तथा उसके पास की उंगली से दबाकर पकड़ना चाहिए। ब्रुश को चलाने का भी एक तरीका है। ब्रुश में पूरी तरह रंग या इंक लेकर, पहले एक कागज़ पर लगाकर देखिए कि रंग या इंक इतनी अधिक तो नहीं है कि कागज़ पर लगाते ही फैल जाए। अब ब्रुश को ऊपर से नीचे, बाएं से दाएं और तिरछे स्तर पर भी ऊपर से नीचे की ओर चलाना चाहिए। एक स्थान पर ब्रुश एक बार ही चलाया जाना चाहिए। इसी प्रकार स्पीडबाल पेनों को भी सही तरीके से पकड़कर स्ट्रॉक्स लगाना सीखिए।

T-स्क्वायर की सहायता से पेंसिल द्वारा हल्की गाइड रेखाएं खींचकर स्ट्रॉक्स लगाने का अभ्यास कीजिए। अक्षर बनाने में कई प्रकार के स्ट्रॉक्स लगाने पड़ते हैं। विभिन्न प्रकार के स्ट्रॉक्स लगाने का अभ्यास कीजिए।

स्पीडबाल पेनों से स्ट्रॉक लगाते समय यदि हाथ का दबाव कम-ज्यादा हो जाए, तो कोई विशेष अंतर नहीं पड़ता, परंतु ब्रुश द्वारा स्ट्रॉक लगाने का अभ्यास करते समय ब्रुश एक से हाथ से चलाइए। यदि हाथ हलका-भारी चलेगा, तो स्ट्रॉक की थिकनेस में अंतर पड़ जाएगा।

अभ्यास करने के तुरंत बाद ही ब्रुश या पेन को अच्छी तरह से धो डालना चाहिए। ब्रुश या पेन का दुरुपयोग करने से उसकी विशेषता समाप्त हो जाती है।

स्ट्रॉक्स लगाने का अभ्यास

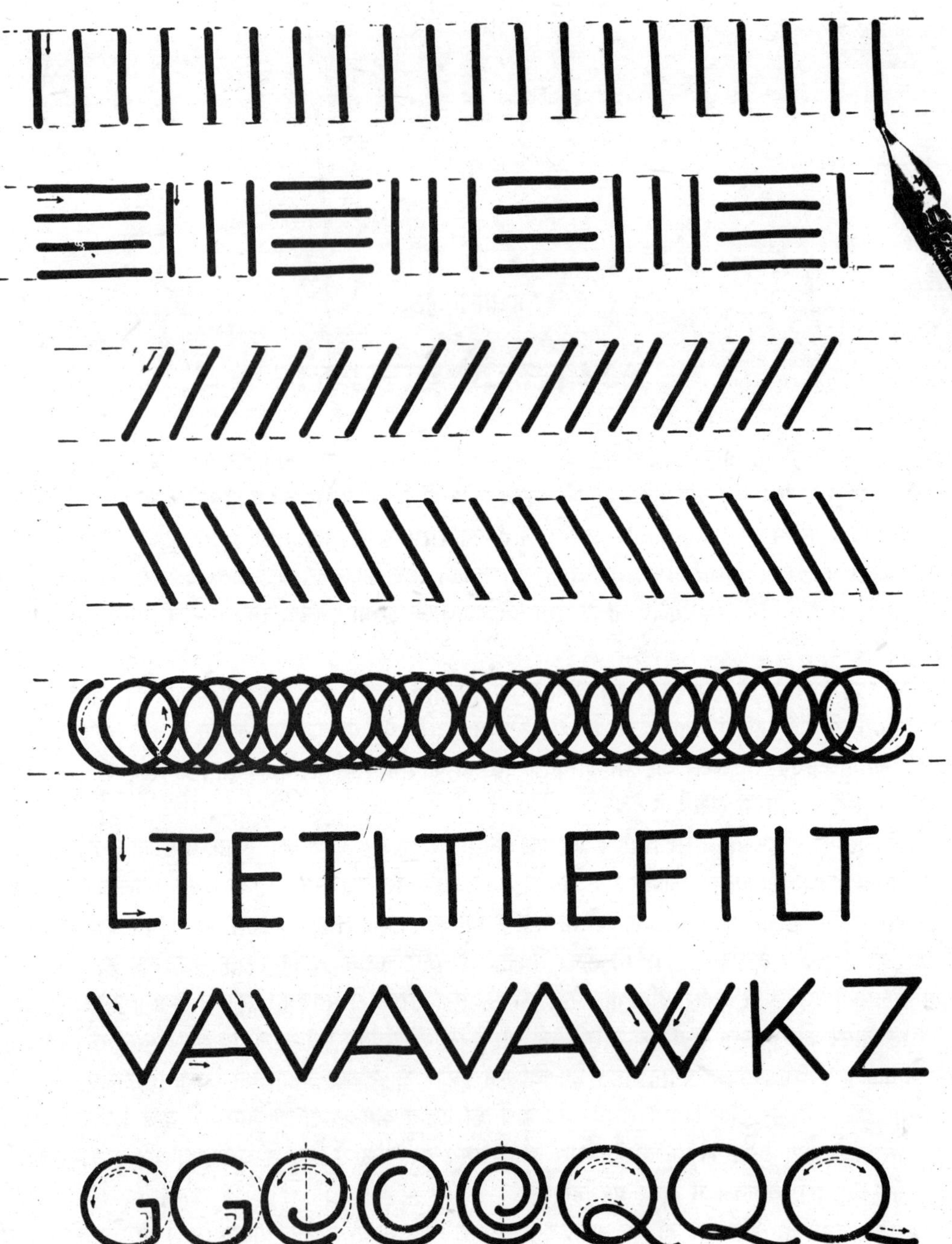

B-4

ABCDEFIGH

JKLMNOQPR

STUVWXYZ

234567889

B-4

abcdefghijk

lpyqmnot

rsuvwx&z

B-2

$123456789¢

पेन द्वारा लैटरिंग करने में हाथ की स्थिति

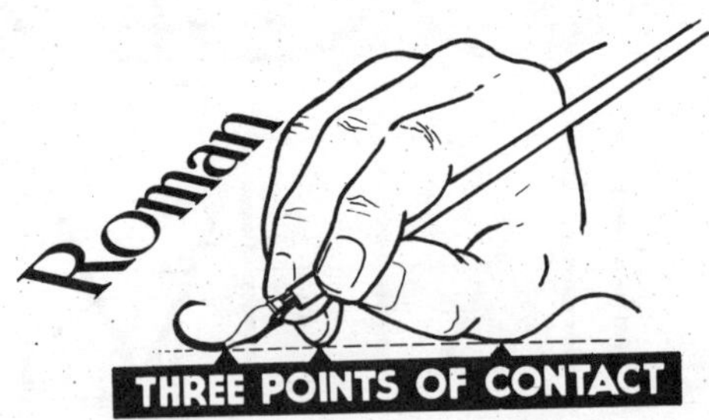

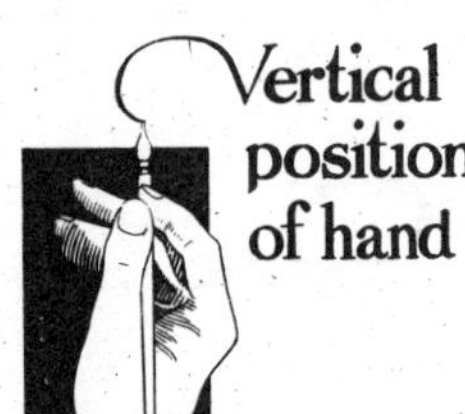

1. C अथवा D स्टायल के पेनों से लिखने में हाथ की वर्टिकल स्थिति।
2. C अथवा D स्टायल पेनों से इटैलिक अक्षर लिखने में हाथ की स्थिति।

स्टील अथवा फ्लैट ब्रुश द्वारा लैटरिंग करने में हाथ की स्थिति

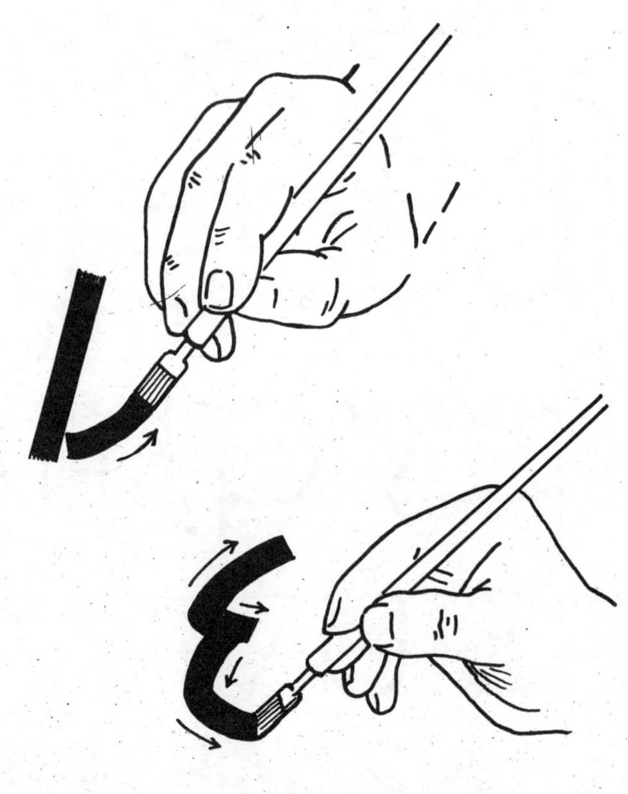

ABCD
Condensed Roman
EFGP
QRSLM
made with pen edge
NOTUV
up strokes with
pen edge
WXYZ&

अध्याय : 4

अक्षरांकन (लैटरिंग) के मूल सिद्धांत

आपने ब्रुश तथा स्पीडबाल पेनों से स्ट्रॉक्स बनाने का अभ्यास किया है। आप ब्रुश तथा पेन चलाने में दक्षता प्राप्त कर चुके होंगे। हमें पूर्ण विश्वास है कि इस अभ्यास से आपमें आत्मविश्वास पैदा हुआ होगा और आप महसूस कर रहे होंगे कि अक्षर लिखना कुछ ज्यादा कठिन कार्य नहीं है। परन्तु शुरुआत करने से पूर्व अक्षरांकन के मूल सिद्धांतों को समझना ज़रूरी है। यदि आपने इन मूल सिद्धांतों को अच्छी तरह समझ लिया, तो आप किसी भी स्टायल की लैटरिंग सरलता से कर सकेंगे।

1—स्ट्रॉक्स एक जैसे बनाइए। अधिक बड़े स्ट्रॉक बनाने की चेष्टा नहीं करनी चाहिए।

2—स्ट्रॉक्स लगाने में पूरी बांह घुमाइए न कि कलाई या उंगलियां।

3—ब्रुश या पेन को उस समय तक दोबारा इंक में न डुबाइए, जब तक एक स्ट्रॉक पूरा न बन जाए यानी ब्रुश या पेन को उस समय तक कागज़ से न हटाइए, जब तक स्ट्रॉक पूरा न हो जाए।

4—एक स्ट्रॉक को दूसरे स्ट्रॉक से सावधानी से जोड़ना चाहिए। अक्षर बनाने में स्ट्रॉक इस प्रकार बनाने चाहिए कि वे एक ही अक्षर का अंग दिखाई दें।

5—स्ट्रॉक ऊपर से नीचे तथा बाएं से दाएं (Left to Right) बनाना चाहिए।

6—गोल अक्षरों को दूसरे अक्षरों की अपेक्षा थोड़ा बड़ा बनाइए। अक्षर बनाते समय गोलाई को गाइड लाइनों से थोड़ा बाहर निकाल दीजिए। यदि गोल अक्षर को गाइड लाइन से छूता हुआ बनाते हैं, तो वह दूसरे अक्षरों की अपेक्षा छोटा दिखाई देता है। अतः इस दृष्टि-भ्रम को दूर करने के लिए गोल अक्षर को गाइड लाइनों से थोड़ा बाहर की ओर बढ़ा देते हैं।

शुरुआत में आपको सिंगल-स्ट्रॉक अक्षर बनाने का अभ्यास करना चाहिए। फ्रीहैंड लैटरिंग करने के लिए आवश्यक है कि आप अक्षरों के संरचनात्मक रूप को ध्यान में रखें। अक्षरांकन की सामान्य ऐनाटॉमी प्रत्येक स्टायल के अक्षर लिखने में सहायक सिद्ध होती है।

आपने देखा होगा कि गॉथिक स्टायल के कैपिटल अक्षर मोटाई में एक समान होते हैं, परंतु अनुपात में घट-बढ़ जाते हैं। अक्षरों का वर्गीकरण आपेक्षिक अनुपात के अनुसार किया जा सकता है :

1. अधिक संकीर्ण (Very narrow)
2. संकीर्ण (Narrow)
3. मध्यम (medium)
4. अधिक चौड़ा (Very wide)

लोअर-केस के अक्षर अपर-केस के अक्षरों की भांति मोटाई में एक समान नहीं होते। इन अक्षरों की मुख्य बॉडी तो वेस्ट लाइन तथा बेस लाइन के भीतर ही होती है, परंतु स्टायल के अनुसार इन अक्षरों को ऊपर की ओर 't' लाइन तथा कैप लाइन तक बढ़ाया जाता है तथा नीचे की ओर ड्रॉप लाइन तक बढ़ाया जाता है।

किस अक्षर को कितने स्ट्रॉक द्वारा और कैसे बनाया जाता है, इसको समझने के लिए अक्षरों के चित्रों को ध्यानपूर्वक देखिए।

अपर केस के अक्षर

A—मीडियम, 3 स्ट्रॉक्स।
B—नैरो, 4 स्ट्रॉक्स।
C—अधिक चौड़ा, 2 स्ट्रॉक्स
D—चौड़ा, 3 स्ट्रॉक्स।
E—अधिक नैरो (संकीर्ण), 4 स्ट्रॉक्स
F—अधिक नैरो, 3 स्ट्रॉक्स।
G—अधिक चौड़ा, 3 स्ट्रॉक्स।
H—चौड़ा, 3 स्ट्रॉक्स।
I—अधिक नैरो, 1 स्ट्रॉक्स।
J—अधिक नैरो, 2 स्ट्रॉक्स।
K—नैरो, 3 स्ट्रॉक्स।
L—अधिक नैरो, 2 स्ट्रॉक्स।
M—अधिक चौड़ा, 4 स्ट्रॉक्स।
N—मीडियम, 3 स्ट्रॉक्स।
O—अधिक चौड़ा, 2 स्ट्रॉक्स।
P—नैरो, 2 स्ट्रॉक्स।
Q—अधिक चौड़ा, 3 स्ट्रॉक्स।
R—नैरो, 3 स्ट्रॉक्स।
S—मीडियम, 3 स्ट्रॉक्स।
T—नैरो, 2 स्ट्रॉक्स।
U—चौड़ा, 2 स्ट्रॉक्स।
V—मीडियम, 2 स्ट्रॉक्स।
W—अधिक चौड़ा, 4 स्ट्रॉक्स।
X—नैरो, 2 स्ट्रॉक्स।
Y—मीडियम, 3 स्ट्रॉक्स।
Z—नैरो, 3 स्ट्रॉक्स।

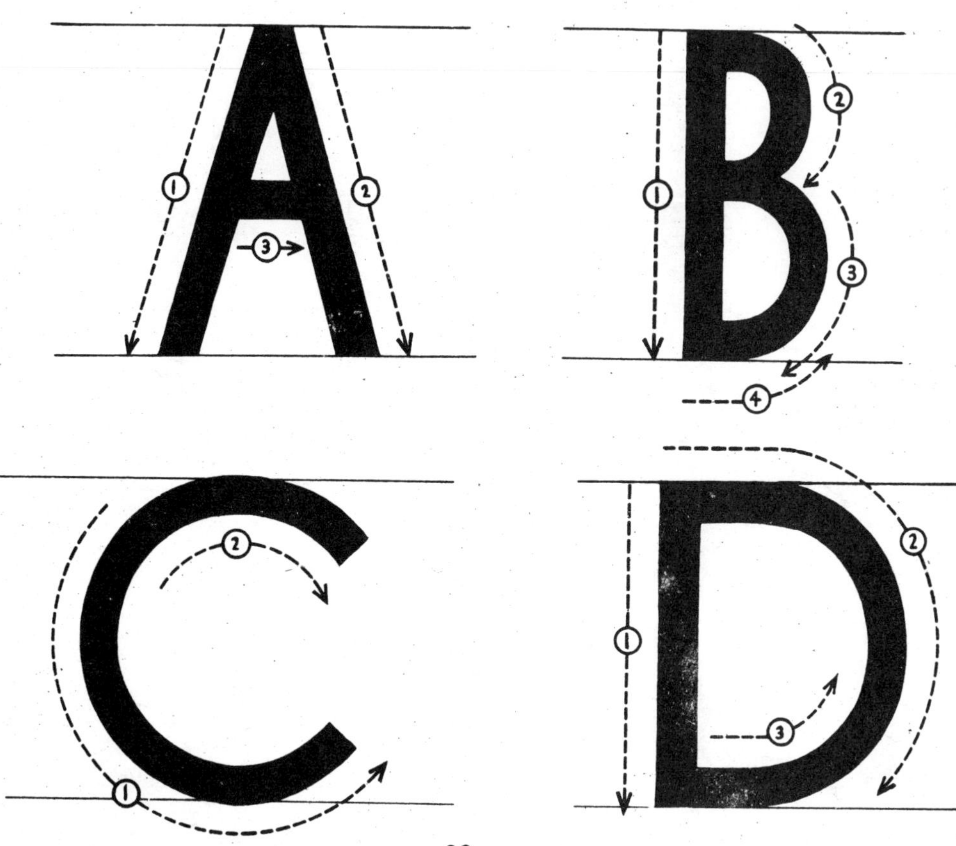

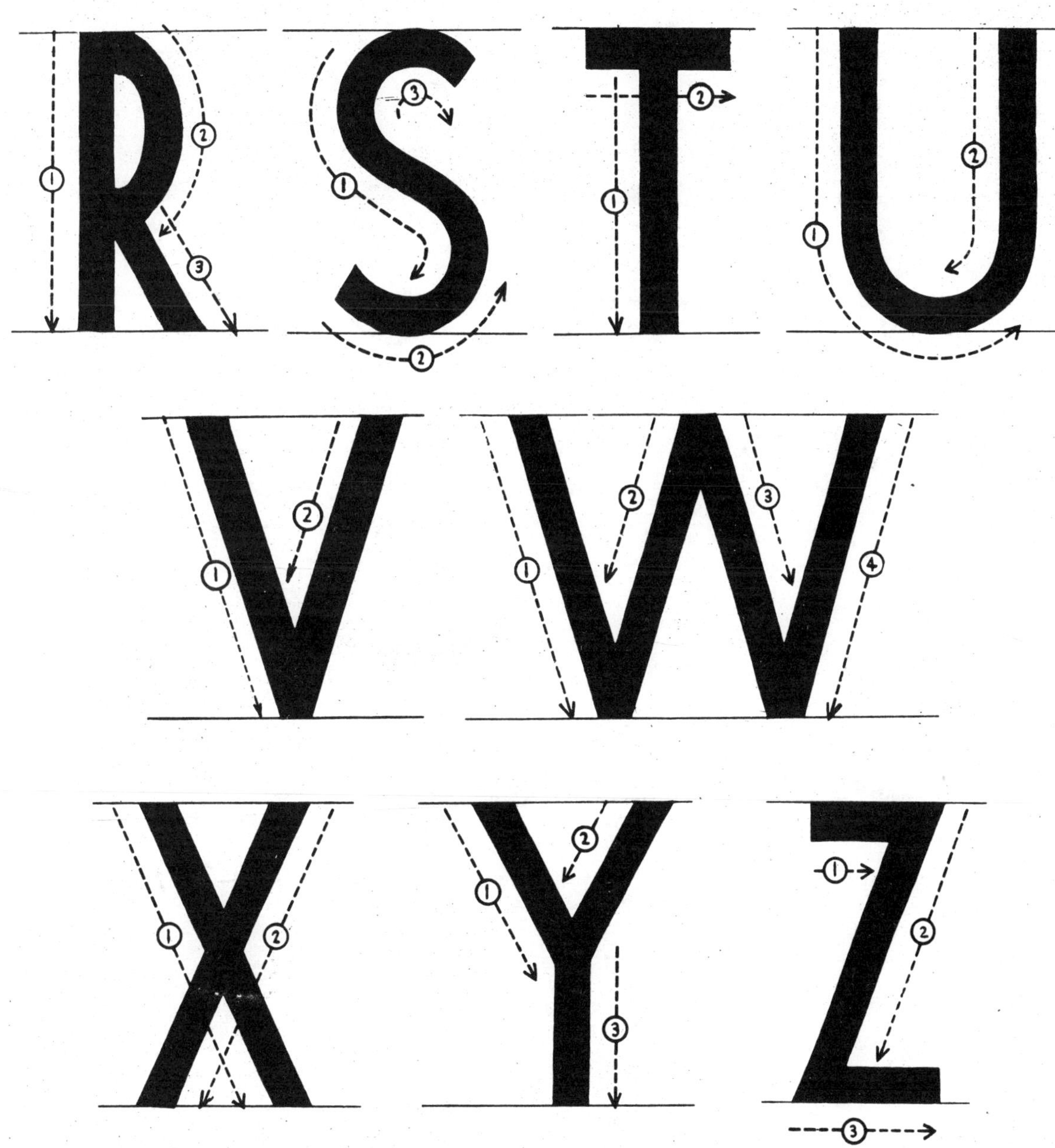

लोअर केस के अक्षर

a—तीन स्ट्रॉक्स; b—तीन स्ट्रॉक्स; c—दो स्ट्रॉक्स; d—तीन स्ट्रॉक्स; e—तीन स्ट्रॉक्स; f—तीन स्ट्रॉक्स; g—पांच स्ट्रॉक्स; h—दो स्ट्रॉक्स; i—एक स्ट्राक्स एक डॉट; j—दो स्ट्रॉक्स तथा एक डॉट; k—तीन स्ट्रॉक्स; l—एक स्ट्रॉक्स; m—तीन स्ट्रॉक्स; n—दो स्ट्रॉक्स; o—दो स्ट्रॉक्स; p—तीन स्ट्रॉक्स; q—तीन स्ट्रॉक्स; r—दो स्ट्रॉक्स; s—तीन स्ट्रॉक्स; t—दो स्ट्रॉक्स; u—दो स्ट्रॉक्स; v—दो स्ट्रॉक्स; w—चार स्ट्रॉक्स; x—दो स्ट्रॉक्स; y—दो स्ट्रॉक्स; z—तीन स्ट्रॉक्स।

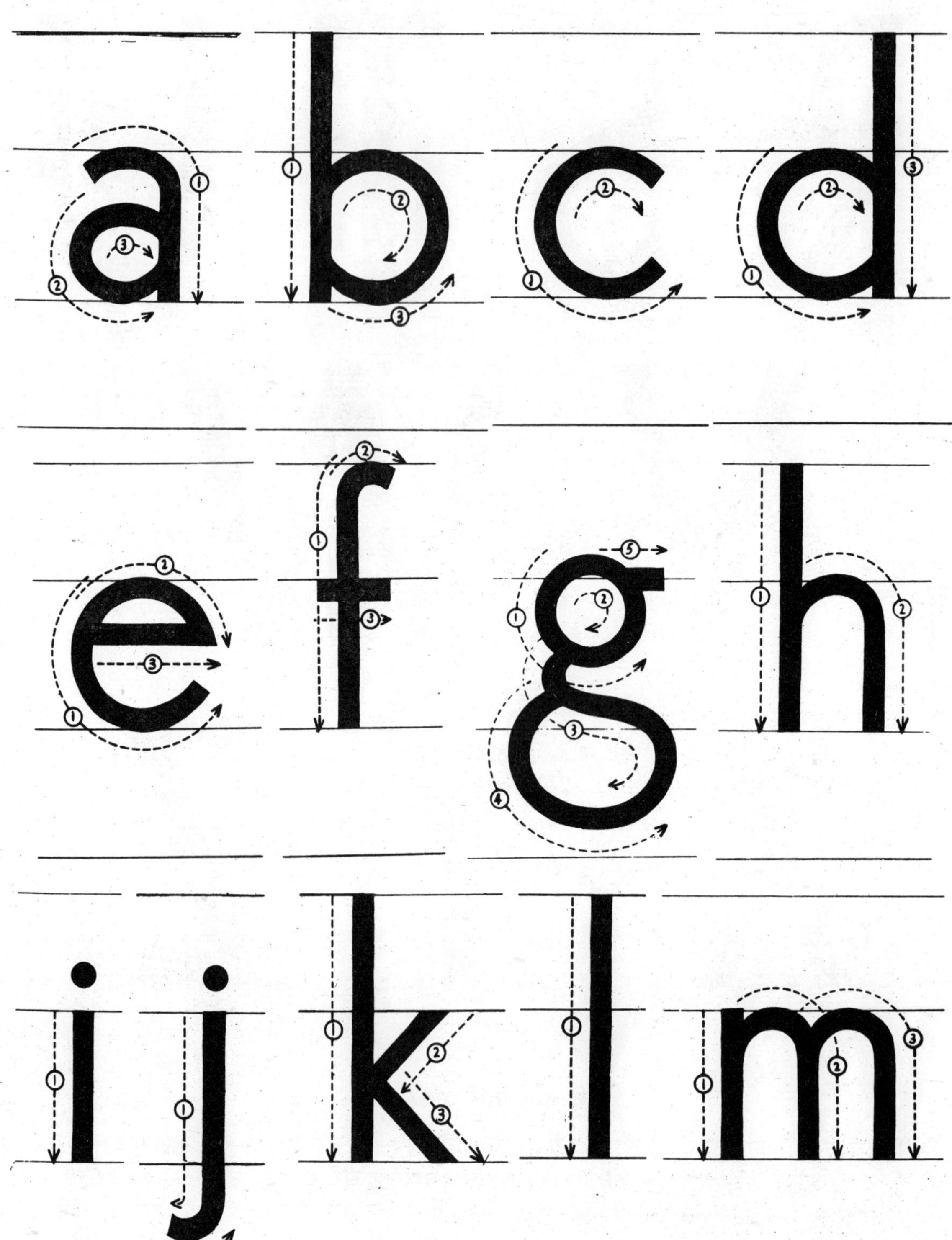

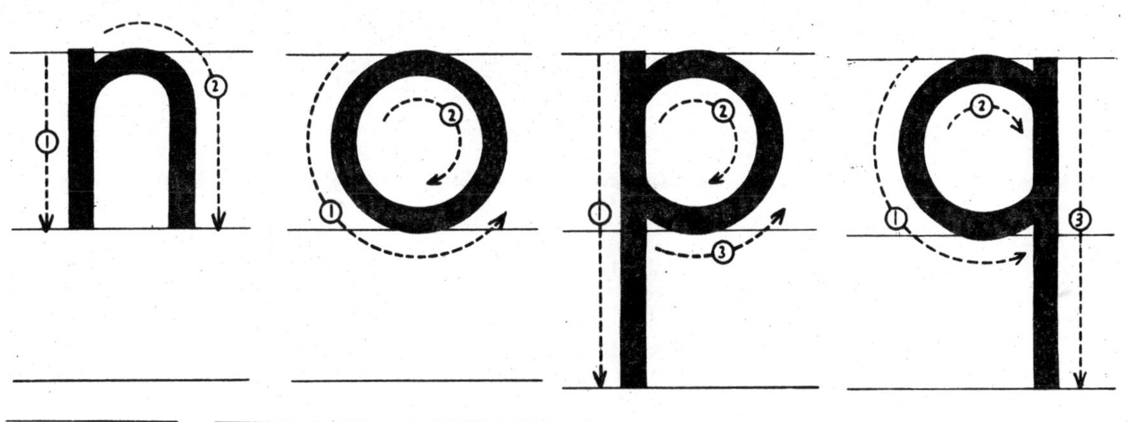

r s t u v

w x y z

अंक (Numerals)

1—एक स्ट्रॉक्स; 2—दो स्ट्रॉक्स; 3—तीन स्ट्रॉक्स; 4—तीन स्ट्रॉक्स; 5—चार स्ट्रॉक्स; 6—दो स्ट्रॉक्स; 7—दो स्ट्रॉक्स; 8—तीन स्ट्रॉक्स; 9—दो स्ट्रॉक्स; 0—दो स्ट्रॉक्स ।

अध्याय : 5

स्पेसिंग (SPACING)

अक्षरांकन में स्पेसिंग का विशेष महत्त्व है। एक अक्षर के पश्चात् दूसरा अक्षर लिखने के लिए दोनों अक्षरों के बीच उचित रिक्त स्थान छोड़ा जाता है। यदि अक्षरों के बीच उचित रिक्त स्थान नहीं छोड़ा जाता, तो शब्द का तमाम सौंदर्य नष्ट हो जाता है और उसको पढ़ने में भी कठिनाई होती है। स्पेसिंग अक्षर की रचना के अनुसार होती है।

अक्षरों को तीन भागों में विभाजित किया जा सकता है–

1. रेगुलर (Regular)—E-H-I-M-N तथा U।
2. इर्रेगुलर (Irregular)—A-F-J-K-L-P-R-T-V-W-X-Y तथा Z।
3. सर्कुलर–(Circular)—B-C-D-G-O-(P)-Q-(R)-S--& तथा ?।

रेगुलर अक्षरों के भद्दे गैप को दूर करने के लिए अक्षरों को उनकी शेप के अनुसार करीब कर देना चाहिए। इर्रेगुलर तथा सर्कुलर शेप के अक्षरों को भी गैप कम करके सुंदर बनाया जा सकता है।

इसके अतिरिक्त सुविधा के लिए हम अक्षरों को नैरो (Narrow), नॉर्मल (Normal) तथा बाइड (Wide) ग्रुप्स में भी बांट सकते हैं–

नैरो–B-E-F-I-J-L-P-S-T-Y तथा ?।

नॉर्मल–C-D-G-H-K-O-Q-R-U-V-X-Z तथा &।

वाइड–A-M-N तथा W।

यदि प्रत्येक अक्षर के बाद बराबर जगह छोड़ी जाए, तो शब्द में काफी भद्दापन आ जाता है। अतः इन अक्षरों के बीच मेकेनिकल स्पेस (Mechanical space) नहीं देनी चाहिए, इसके लिए दृष्टिक्रम के सिद्धांत को ध्यान में रखते हुए ऑप्टीकल स्पेस (Optical space) देनी चाहिए।

दिए हुए चित्र में शब्द 'SPACING' तथा 'PLAYING' को ध्यानपूर्वक देखिए। इस चित्र में मेकेनिकल तथा ऑप्टीकल स्पेस का अंतर दिखाया गया है।

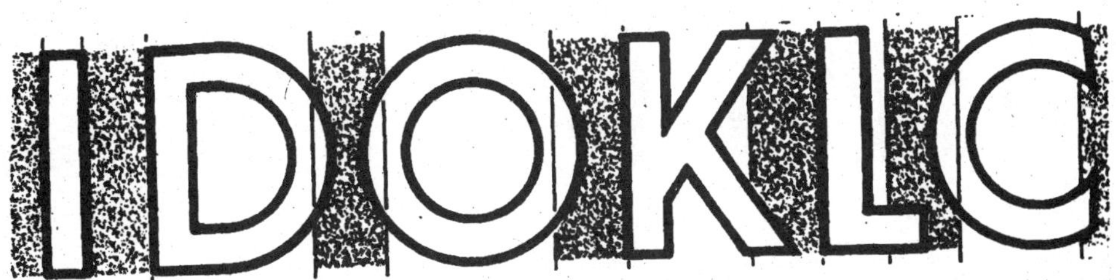

मेकेनिकल तथा ऑप्टीकल स्पेस

SPACING

OPTICAL

SPACING

मेकेनिकल स्पेस (Mechanical space)

ऑप्टीकल स्पेस (Optical space)

PLAYING

अध्याय : 6

अक्षरांकन की सरल विधि

अक्षरांकन एक कला है और कमर्शियल आर्ट का तो आधार ही अक्षरांकन है। आपके लिखे हुए वही अक्षर प्रभावपूर्ण और सुंदर कहे जाएंगे, जिन्हें सरलता से पढ़ा जा सके। यह एक टैक्नीकल विषय है, अतः लैटरिंग में प्रयुक्त होने वाली सामग्री एवं सिद्धांतों की पूर्ण जानकारी आवश्यक है। अच्छी लैटरिंग के लिए कुछ निम्नलिखित बातें ध्यान में रखनी चाहिए—

1. पहले सफेद कागज़ पर पेंसिल से अक्षरों की मोटाई को ध्यान में रखते हुए कैप लाइन, 't' लाइन, वेस्ट लाइन, बेस लाइन तथा ड्रॉप लाइन खींचकर अक्षरों की ड्राइंग कीजिए। अक्षर बनाने में उनके करैक्टर का विशेष ध्यान रखिए। आप जानते हैं कि लैटरिंग में स्पेसिंग का बहुत अधिक महत्त्व है, अतः अक्षर के आकार के अनुसार स्पेस रखिए।

2. अब एक ट्रेसिंग पेपर पर हार्ड पेंसिल से अपनी की गई पेंसिल ड्राइंग को ट्रेस कर लीजिए।

3. ड्राइंग से ट्रेसिंग पेपर उठाकर उलटा कर दीजिए और ट्रेस की गई लाइनों पर सॉफ्ट काली पेंसिल फेरिए।

4. अब आर्ट कार्ड पर उचित स्थान पर ट्रेसिंग पेपर रखकर चारों कोनों पर टेप लगा दीजिए और हार्ड पेंसिल (3H) से ट्रेस कर दीजिए।

5.ट्रेसिंग पेपर को हटा दीजिए। नोकीली सेमीहार्ड (2H) पेंसिल से ट्रेस की गई ड्राइंग को शार्प कर दीजिए। अब आपकी ड्राइंग तैयार है और आप पेन या ब्रुश का इस्तेमाल करके लैटरिंग को अंतिम रूप दे सकते हैं।

6. यदि आप ब्रुश का प्रयोग करें, तो हाथ को सावधानीपूर्वक चलाइए। इंक या रंग भरने के लिए उसका एक समान होना ज़रूरी है। ध्यान रखिए कि रंग अक्षरों से बाहर न निकलने पाए। ब्रुश लैटरिंग में स्ट्रॉक लगाने में हाथ के दबाव व घुमाव पर विशेष ध्यान दीजिए।

स्पीडबाल या अन्य पेनों से लैटरिंग करने में प्रायः वाटरप्रूफ काली स्याही इस्तेमाल करते हैं। पेन द्वारा लैटरिंग में टी-स्क्वायर तथा ट्राइऐंगल से सहायता लेनी चाहिए। सर्वप्रथम वर्टिकल फिर हॉरिजान्ट्ल्स तथा अंत में डायग्नल (प्रकोणी) रेखाएं खींचिए। रेखाओं के पश्चात् कर्वस तथा सर्किल बनाइए। यदि आपके पास विभिन्न साइज़ों के स्पीडबाल पेन हैं, तो अक्षर की आउटलाइन क्रोक्युल द्वारा बनाने की आवश्यकता नहीं है। यदि आप सिंगल स्ट्रॉक पेनों का प्रयोग नहीं कर रहे हैं, तो पूरे अक्षर की क्रोक्युल द्वारा आउटलाइन बनाकर उसके अंदर ब्रुश द्वारा इंक या रंग भर दीजिए।

7. जब इंक या रंग सूख जाए, तो पेंसिल की अनावश्यक रेखाओं को रबर द्वारा मिटा दीजिए। अक्षरों को ध्यानपूर्वक देखिए। यदि इनमें कुछ कमी नज़र आए, तो ठीक कर दीजिए। इन अक्षरों को सफेद पोस्टर कलर से टच करना चाहिए। इंकिंग के पश्चात् फिनिशिंग का विशेष महत्त्व है, अतः अक्षरों की टचिंग में लापरवाही नहीं करनी चाहिए।

यदि आप चाहते हैं कि लैटरिंग काफी शार्प हो, तो ऑरिजनल साइज़ से बड़े अक्षर लिखिए और इनको फोटोग्राफी द्वारा इच्छित साइज़ में रिड्यूस करा लीजिए। परंतु आपको यही कोशिश करनी चाहिए कि आप हर साइज़ में शार्प लैटरिंग कर सकें। यह काम अभ्यास, लगन व साधना से ही संभव हो सकता है।

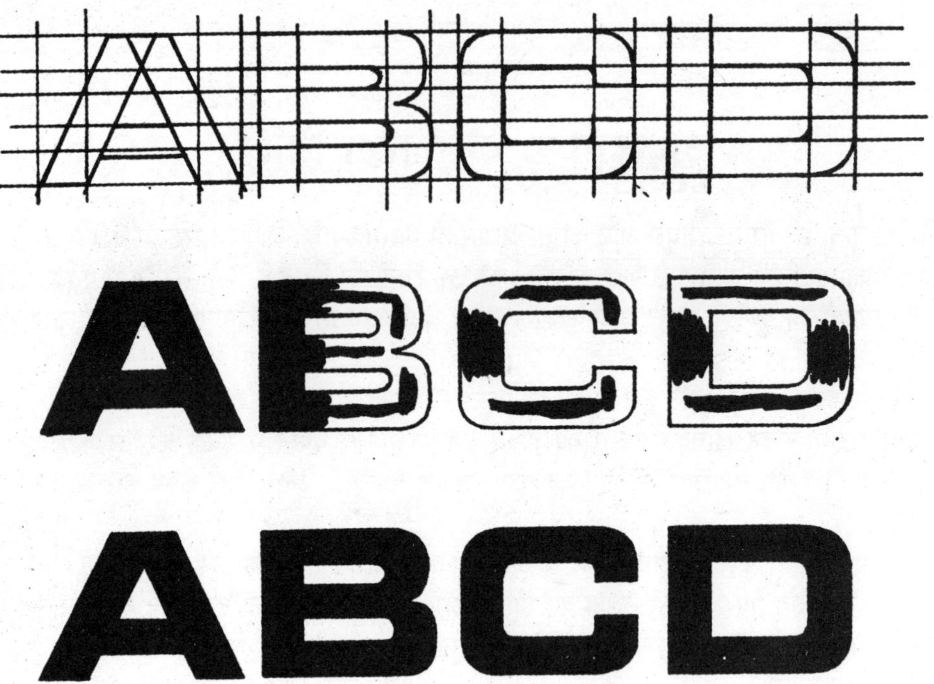

अध्याय : 7

स्टैंडर्ड टाइप तथा लैटरिंग

एक आर्टिस्ट के लिए ज़रूरी है कि उसे स्टैंडर्ड टाइप तथा लैटरिंग की पूरी जानकारी हो। टाइप चाहे इंगलिश का हो या हिंदी का, दो तरह से इस्तेमाल किया जाता है—एक तो पुस्तक, पत्र-पत्रिकाएं छापने और दूसरा नोटिस, विज्ञापन, कार्ड आदि छापने के लिए। पुस्तक और पत्र-पत्रिकाओं में प्रायः रोमन और इटैलिक टाइप का इस्तेमाल किया जाता है। सीधे टाइप को रोमन और टेढ़े टाइप को इटैलिक कहते हैं। नोटिस आदि में जो टाइप इस्तेमाल किए जाते हैं, उन्हें जॉबिंग टाइप कहते हैं और वे अनेक प्रकार के मोटे, पतले, टेढ़े और डिज़ाइनदार होते हैं। इन्हें 'डिस्प्ले' टाइप भी कहते हैं। टाइप के अनेक नाम हैं। टाइप के फेस की मोटाई प्वाइंट से जानी जाती है।

प्वाइंट—एक इंच के छठे भाग को 'एम्' कहते हैं। एक एम् को 12 से भाग देने से जो भागफल आता है , उसे एक प्वाइंट कहते हैं। इस प्रकार एक प्वाइंट एक इंच का 1/72 भाग के लगभग होता है। इसी प्वाइंट के हिसाब से टाइप के फेस की मोटाई का नामकरण हुआ। जैसे—8, 10, 11, 12, 14, 16, 18, 20, 24, 28, 32, 34, 36, 48 तथा 72 प्वाइंट।

6 Point

ABCDEFGHIJKLMNOPQRSTUVWXYZ
abcdefghijklmnopQrstuvwxyz

8 Point

ABCDEFGHIJKLMNOPQRSTUVWXYZ
abcdefghijklmnopqrstuvwxyz

10 Point

ABCDEFGHIJKLMNOPQRSTUVWXYZ
abcdefghijklmnopqrstuvwxyz

12 Point

ABCDEFGHIJKLMNOPQRSTUVWXYZ
abcdefghijklmnopqrstuvwxyz

14 Point

ABCDEFGHIJKLMNOPQRS
TUVWXYZ
abcdefghijklmnopqrstuvwxyz

18 Point

ABCDEFGHIJKLMNOP
QRSTUVWXYZ

24 Point

ABCDEFGHIJKLMN
OPQRSTUVWXYZ

36 Point

ABCDEFG
abcdefghij

STANDARD TYPEFACE

स्टैण्डर्ड टाइप फेस

SANS SERIF

10 Annonce Grotesque
10 Antique Olive Bold
10 Antique Olive Com
11 Antique Olive Medium
11 Avant Garde Bold
12 Avant Garde Medium
12 Avant Garde X-Light
17 Cable Heavy
17 Cable Light
23 Compacta Bold
22 Compacta Bold Italic
22 COMPACTA BOLD OUTLINE
24 Compacta
24 Compacta Italic
25 COMPACTA OUTLINE
25 Compacta Light
26 Countdown
27 DATA '70
27 Din 17
28 eurostile bold
29 eurostile medium
29 Folio Extra Bold
30 Folio Bold
30 Folio Bold Condensed
30 Folio Medium
31 Folio Medium Ext.
31 Folio Light
32 Franklin Gothic
32 Franklin Gothic Cond.
33 FRANKLIN GOTHIC EX COND
34 Futura Black
36 Futura Display
34 Futura Extra Bold Cond.
34 Futura Bold
35 Futura Bold Italic
35 Futura Demi Bold
36 Futura Medium
36 Futura Medium Italic
37 Futura Light
37 Gill Extra Bold
38 Gill Sans Light
38 Gill Sans
39 GROTESQUE 9
39 Grotesque 9 Italic
41 Grotesque 216 ★
40 Grotesque 215
40 Grotesque 7
42 Helvetica Bold
42 Helvetica Bold It.
45 Helvetica Medium
46 Helvetica Med. Italic
46 Helvetica Outline
44 Helvetica Light
43 Helvetica Light Italic
43 Helvetica Ex Light

46 Horatio Bold
47 Horatio Medium
47 Horatio Light
47 ITA
49 Linear
50 MICROFONT
51 MICROGRAMMA BOLD EXT
51 MICROGRAMMA MEDIUM EXTENDED
53 News Gothic Bold
53 News Gothic Condensed
53 News Gothic
57 Pump
61 Standard Medium
64 Transport Heavy
64 Transport Med.
68 Univers 83
68 Univers 75
67 Univers 67
67 *Univers 66*
67 Univers 65
66 Univers 59
66 Univers 57
66 *Univers 56*
65 Univers 55
65 Univers 53
65 *Univers 46*
64 Univers 45
68 Venus Bold Ext.

SERIF

9 american uncial
9 Annlie Extra Bold
9 *Annlie Extra Bold It.*
12 Baskerville Old Face
13 Berling Bold
13 Berling
13 *Berling Italic*
14 Beton Extra Bold
14 Beton Bold
14 Beton Medium
15 Bookman Bold
15 *Bookman Bold It.*
17 Carousel
18 Caslon Black
Century Schoolbook Bold
18 Cheltenham Bld
19 Cheltenham Med
19 Cheltenham Old Style
20 Clarendon Bold
21 Clarendon Med.
22 Clearface Heavy
26 Cooper Black
26 *Cooper Black Italic*
28 Egyptienne Bold Cond.
28 EGYPTIAN OUTLINE
37 Garamond
38 Goudy Extra Bold
41 Hawthorn
48 Lectura
48 Lectura Bold
52 Modern No.20
54 Optima
54 Optima Bold
55 Optima Medium

55 Palatino Semi Bold
56 Plantin Bold Condensed
58 Salisbury Bold
59 Serifa
60 Souvenir Bold
60 Souvenir Medium
60 Souvenir Light
62 Times Bold
62 *Times Bold Italic*
63 Times New Roman
61 Tabasco Bold
62 Tabasco Medium
69 Windsor Bold
69 Windsor Elongated

DECORATIVE

11 Arnold Bocklin
15 Blanchard Solid
16 Bottleneck
16 Broadway
16 *Brush Script*
27 DAVIDA
29 *Flash*
39 Goudy Fancy
48 *Lazybones*
49 Loose New Roman
49 LETTRES ORNEES
50 MANUSCRIPT CAPS
50 *Murray Hill Bold*
54 Old English
55 *Palace Script*
56 Playbill
56 Pretorian
57 PROFIL
57 PRISMA
58 Ringlet
58 ROMANTIQUES
59 SANS SHADED
59 SAPPHIRE
61 STENCIL BOLD
63 Tintopetto
63 Tip Top
69 Zipper

स्टैंडर्ड टाइप तथा लैटरिंग

सिंगल थिक, सिंगल स्ट्रॉक (Single thick, single stroke)—इन अक्षरों की मीडियम या शार्ट-हेयर चिज़ल-ऐज शोकार्ड ब्रुश अथवा स्पीडबाल स्टाइल 'A' पेन द्वारा लिखा जा सकता है। इन अक्षरों को आसानी से पढ़ा जा सकता है, अतः इनका उपयोग पोस्टर तथा विज्ञापन में किया जाता है।

कार्टून या बैलून (Cortoon or Ballon)—इन अक्षरों में उल्लास, हंसी व खुशी का संदेश होता है। कार्टून स्टाइल के इन अक्षरों को ब्रुश या स्पीडबाल पेन (स्टाइल A, B या D,) से बहुत जल्दी लिखा जा सकता है। इनका उपयोग डिस्प्ले तथा पोस्टर में किया जाता है।

न्यूलैंड (Neuland)—इन अक्षरों के स्ट्रॉक की शेप लकड़ी के पच्चर जैसी होती है। इनको लैटरिंग ब्रुश या पेन से शीघ्रता से लिखा जा सकता है। इस स्टाइल के अक्षरों का उपयोग विज्ञापन या डिस्प्ले जॉब में किया जाता है।

गैसपाइप (Gaspipe)—यह कडैंस्ड गॉथिक अक्षर होते हैं। इनको गैसपाइप स्टाइल कहते हैं। इन नैरो सिंगल-थिक अक्षरों के कार्नर पाइप की भांति गोल होते हैं। इन अक्षरों को लिखने में रूलिंग-पेन, टी-स्क्वायर तथा ट्राइऐंगल की सहायता लेनी पड़ती है। ब्रुश तथा स्पीडबाल पेन (स्टाइल 'A') से भी इन अक्षरों को लिखा जा सकता है। अक्षर लिखने के पश्चात् सफेद पोस्टर कलर से इनके कार्नर पाइप की भांति गोल कर देते हैं। यह स्टाइल बहुत लोकप्रिय है और इन अक्षरों का उपयोग पोस्टरों, कार्डों, बिलबोर्डों तथा पत्रिकाओं के विज्ञापनों में किया जाता है।

थिक एण्ड थिन (Thick and Thin)—यह रोमन अक्षरों का संस-सेरिफ रूप है। इनको ब्रुश या पेन से शीघ्रता से लिखा जा सकता है। यह स्टाइल न तो पुराना है और न ही बहुत नया, परंतु इसका उपयोग बहुत अधिक किया जाता है। प्रायः इन अक्षरों का उपयोग पुस्तकालय, थियेटर, सिनेमा, शोकार्ड तथा विज्ञापन में किया जाता है।

बैरनम (Barnum)—यह अक्षर थिन स्टेम के होते हैं, परंतु इनके ऊपर और नीचे का हिस्सा भारी होता है, इनके सेरिफ भी भारी होते हैं। अक्षरों को ब्रुश तथा रूलिंग पेन की सहायता से लिखा जा सकता है। इन अक्षरों का उपयोग अनाउंसमैंट्स, कला प्रदर्शनियों, सर्कस बैनर्स, पोस्टर्स विज्ञापनों तथा म्यूज़िकल जॉब में किया जाता है।

गॉथिक डिस्प्ले (Gothic Display)—यह गौथिक अक्षर क़ाफी बोल्ड होते हैं। इनको ब्रुश तथा पेन से लिखा जा सकता है। इनका उपयोग ट्रेवल डिस्प्ले, थियेटरिकल बैनर, पोस्टर तथा फॉर्सफुल एडवर्टाइज़िंग में किया जाता है।

रोमन (Roman)—यह अक्षर पुराने होते हुए भी आज भी अत्यंत लोकप्रिय हैं। इन अक्षरों में मोटी और पतली लाइनों का प्रयोग किया जाता है। इसके कार्नर गोलाई लिए होते हैं तथा कार्नर दोनों और से नुकीले होते हैं। इनको ब्रुश तथा स्पीडबाल पेन (स्टाइल 'C') द्वारा लिखा जा सकता है। इन अक्षरों को सरलता से पढ़ा जा सकता है, क्योंकि इनमें एकरूपता का प्रभाव होता है। पोस्टर, शोकार्ड, बुकवर्क, मॉनोग्राम, लैटरहैड तथा विज्ञापन में इन अक्षरों का मुख्य रूप से इस्तेमाल किया जाता है।

कूपर (Cooper)—यह स्टाइल रोमन अक्षरों का ही एक बदला हुआ रूप है। इन अक्षरों को ब्रुश अथवा स्पीडबाल पेन (स्टाइल 'D') द्वारा लिखा जा सकता है। इन अक्षरों का उपयोग रोमन अक्षरों के स्थान पर किया जाता है।

फ्युचुरा कडैंस्ड (Futura Condensed)—इस स्टाइल को इजिप्शन भी कहते हैं। यह वन-थिकनैस, संस-सेरिफ गॉथिक अक्षर होते हैं। इनको ब्रुश अथवा स्पीडबाल पेन (स्टाइल 'A') से लिखा जा सकता है। इन अक्षरों की विशेषता यह है कि यह कम जगह घेरते हैं, इसलिए इनका उपयोग पोस्टर, शोकार्ड, इंडस्ट्रियल डिज़ाइन तथा विज्ञापन में काफी किया जाता है।

ब्रॉडवे (Broadway)—यह पुराने ब्रॉडवे टाइप का आधुनिक स्टाइल है। इन अक्षरों को मोटे तथा पतले (Thick and Thin) स्ट्रॉक्स द्वारा बनाते हैं। अक्षर का स्टेम बहुत अधिक भारी होने के कारण अक्षरों से एक प्रकार की शक्ति ज़ाहिर होती है। इन अक्षरों को पेंसिल से ड्राइंग करके ब्रुश या स्पीडबाल पेन (स्टाइल 'C') द्वारा लिखा जा सकता है। इन अक्षरों का उपयोग डिस्प्ले, पोस्टर और विज्ञापन आदि में किया जाता है।

ओल्ड इंगलिश (Old English)—प्रायः टैक्स्ट (Text) अक्षरों को ही ओल्ड इंगलिश कहते हैं। इनको ब्रुश तथा स्पीडबाल पेन (स्टाइल 'C') से लिखा जा सकता है। इन अक्षरों में जोड़-तोड़ बड़े ही कलात्मक ढंग के होते हैं। इन अक्षरों का उपयोग धार्मिक तथा ऐतिहासिक डिजाइनों में किया जाता है।

डिप्लोमा (Diploma)—यह अक्षर ओल्ड इंगलिश स्टाइल से मिलते-जुलते होते हैं। इनको फ्लैट चिज़ल-ऐज ब्रुश स्पीडबाल पेन (स्टाइल 'C') के द्वारा लिखा जा सकता है। इनका उपयोग डिप्लोमा, चार्ट, धार्मिक दस्तावेज़, ग्रीटिंग कार्ड, स्लोगन तथा मॉटोज़ आदि में किया जाता है।

फ्युचुरा डिस्प्ले (Futura Display)—यह मॉडर्न कडैंस्ड गॉथिक स्टाइल है। यह अक्षर गैसपाइप स्टाइल से मिलता-जुलता है। इनको गॉथिक अक्षरों की भांति लिखा जा सकता है। इन अक्षरों का उपयोग गॉथिक डिस्प्ले तथा गैसपाइप के स्थान पर किया जाता है।

फ्युचुरा ब्लैक (Futura Black)—यह अक्षर स्टैंसिल स्टाइल के होते हैं। इन अक्षरों को ड्राइंग करके लिखा जाता है। यह एक लोकप्रिय स्टाइल है। इन अक्षरों का उपयोग फोटो-लैटरिंग, ट्रांसफर लैटरिंग, फाइन स्टेशनरी, लेबल्स, पैकेजिंग, कॉस्मेटिक कंटेनर्स तथा पत्र-पत्रिकाओं की हेडलाइंस में किया जाता है।

केबल (Kabel)—यह मॉडर्न फ्लानैस गॉथिक स्टाइल है। यह अक्षर सीधी रेखा तथा सर्किल पर आधारित होते हैं। इनको रूलिंग पेन तथा कंपास की सहायता से लिखा जा सकता है। इनका उपयोग लाइट-फेस के अक्षरों के स्थान पर किया जाता है।

फाइन गॉथिक मॉडर्न (Fine Gothic Modern)—यह अक्षर लाइट फेस में बड़े ही सुंदर और सरल होते हैं। इनको आसानी से पढ़ा जा सकता है और देखने वाला इनको जल्दी नहीं भूलता। इन अक्षरों के सभी स्ट्रॉक्स थिन तथा यूनिफार्म होते हैं। यह अक्षर कंपास तथा रूलिंग पेन की सहायता से लिखे जा सकते हैं। इन अक्षरों का उपयोग लैटरहेड, बुक-जैकेट, पैकेज डिज़ाइन, पत्रिकाओं के कवर्स तथा लेबल में किया जाता है।

स्वाश कैपिटल्स (Swash Capitals)—यह डेकोरेटिव अक्षरों का एक सुंदर स्टाइल है। इसको रोमन अक्षरों की भांति लिखा जाता है। इन अक्षरों का उपयोग सजावटी डिजाइनों तथा मॉनोग्रामों में किया जाता है।

इफेक्ट लैटरिंग (Effect Lettering)—विज्ञापन और प्रचार के क्षेत्र में भाषा के दृश्य रूप का बहुत महत्त्व है। अक्षरों की बनावट, उनकी कलात्मकता और रूप-सज्जा का विज्ञापन की सुंदरता पर बहुत प्रभाव पड़ता है। आजकल विज्ञापन और प्रचार के लिए अक्षरों का चयन इस प्रकार किया जाता है कि वांछित संदेश को वे सशक्त रूप में पहुंचा सकें तथा उसके पीछे जो भावना है, वह अक्षरों के रूप-रंग और आकार से भी झलक जाए। उल्लास, हंसी-खुशी का संदेश हो, तो अक्षर भी वैसे ही होने चाहिए और यदि शोक, करुणा या भय का प्रदर्शन करना हो, तो उसी भावना के अनुकूल अक्षरों का प्रयोग करना चाहिए। HOT, COLD, FEAR, SPEED, POWER, RUSTIC, RADIO, RIBBON तथा ORIENT शब्दों में आप इस प्रभाव को देख सकते हैं।

Ribbon

RUSTIC

MAGICIAN

POWER

RADIO

excitement!

SPACE AGE
COMPUTER PROGRAM
LETTERING

SERIES 210

Windsor Elongated

विंडसर एलोंगेटिड

48 Point

ABCDEFGHIJKLMNO
PQRSTUVWXYZ
abcdefghijklmnop
qrstuvwxyz
1234567890

SERIES 147

Cheltnham Condensed

छेलतनहम कन्डेन्स्ड

ABCDEFGHIJKLMNO
PQRSTUVWXYZ
abcdefghijklmno
pqrstuvwxyz
1234567890

Times Bold

टाइम्स बोल्ड

SERIES 146

36 Point

ABCDEFGHIJKLMNOP
QRSTUVWXYZ

abcdefghijklmnopq
rstuvwxyz

1234567890

SERIES 251

Windsor Bold Outline

बिंडसर बोल्ड आउटलाइन

ABCDEFGHIJKLMN
OPQRSTUVWXYZ

abcdefghijklm
nopqrstuvwxyz

1234567890

Plantin Bold Condensed
प्लेनटिन बोल्ड कन्डेन्स्ड

SERIES 240 36 Point

ABCDEFGHIJKLMNOPQ
RSTUVWXYZ
abcdefghijklmnopqrstuvwxyz

1234567890

Times New Roman
टाइम्स न्यू रोमन

SERIES 145

ABCDEFGHIJKLMNO
PQRSTUVWXYZ

abcdefghijklmno
pqrstuvwxyz

1234567890

Beton Bold

बेटन बोल्ड

SERIES 140

36 Point

ABCDEFGHIJKLMNOP

QRSTU VWXYZ

abcdefghijklmno

pqrst uvwxyz

1234567890

Beton Bold Condensed

बेटन बोल्ड कन्डेन्स्ड

SERIES 190

ABCDEFGHIJKLMNO

PQRSTUVWXYZ

abcdefghijklmnopqrstuvwxyz

1234567890

Century School-book

सैनचुरी स्कूल बुक

SERIES 135

48 Point

ABCDEFGHIJKLMN
OPQRSTUVWXYZ
abcdefghijklmno
pqrstuvwxyz
1234567890

Berling Bold

बर्लिंग बोल्ड

SERIES 130

ABCDEFGHIJKLMNO
PQRSTUVWXYZ
abcdefghijklmnopqr
stuvwxyz

1234567890

SERIES 50 36 Point

ABCDEFGHIJKLMNOP
QRSTUVWXYZ

abcdefghijklmnopq
rstuvwxyz

1234567890

SERIES 53

ABCDEFGHIJKLMNOP
QRSTUVWXYZ

abcdefghijklmnopqrstuvwxyz

1234567890

Compacta
कम्पैक्टा

SERIES 101 **48 Point**

ABCDEFGHIJKLMNOPQR
STUVWXYZ
1234567890

Compactla Light
कम्पैक्टा लाइट

SERIES 103

ABCDEFGHIJKLMNOPQRSTUVWXYZ

abcdefghijklmnopqrstuvwxyz

1234567890

Folio Medium
फोलियो मीडियम

SERIES 105

36 Point

ABCDEFGHIJKLMNOP
QRSTUVWXYZ
abcdefghijklmnopqrstu
vwxyz
1234567890

Gill Extra Bold
गिल एक्स्ट्रा बोल्ड

SERIES 109

ABCDEFGHIJKLMNO
PQRSTUVWXYZ
abcdefghijklmnopq
rstuvwxyz
1234567890

SERIES 110

Gill Bold

गिल बोल्ड

36 Point

ABCDEFGHIJKLMNO
PQRSTUVWXYZ
abcdefghijklmno
pqrstuvwxyz

SERIES 111

Gill Sans

गिल सन्स

ABCDEFGHIJKLMNOPQ
RSTUVWXYZ
abcdefghijklmnopqrstuvwxyz
1234567890

SERIES 112

Gill Condensed

गिल कन्डैन्स्ड

ABCDEFGHIJKLMNO
PQRSTUVWXYZ
abcdefghijklmnopqrstuvwxyz
1234567890

Gill Bold Italic

गिल बोल्ड इटैलिक

SERIES 114

36 Point

ABCDEFGHIJKLMNOPQ

YZRSTUVWX

abcdefghijklmnopqrstuvwxyz

1234567890

Gill Medium Italic

गिल मीडियम इटैलिक

SERIEES 113

ABCDEFGHIJKLMNOPQRS

TUVWXYZ

abcdefghijklmnopqrstuvwxyz

1234567890

Annlie Extra Bold Italic

एनली एक्स्ट्रा बोल्ड इटैलिक

ABCDEFGHIJKLMN

OPQRSTUVWXYZ

abcdefghijklmn

opqrstuvwxyz

Folio Medium
फोलियो मिडियम

SERIES 175

36 Point

ABCDEFGHIJKLMNOP
QRSTUVWXYZ
abcdefghijklmnopq
rstuvwxyz

1234567890

Bold
बोल्ड

SERIES 176

ABCDEFGHIJKLMN
OPQRSTUVWXYZ
abcdefghijklmnopq
rstuvwxyz

1234567890

SERIES 180 48 Point

ABCDEFGHIJKLMN
OPQRST UVWXYZ
abcdefghijklmno
pqrstuvwxyz
1234567890

SERIES 225

ABCDEFGHIJKLMNOPQR
STUVWXYZ
abcdefghijklmnopqrstuvwxyz
1234567890

SERIES 220 48 Point

ABCDEFGHIJKLMNO
PQRSTUVWXYZ

abcdefghijklmno
pqrstuvwxyz

1234567890

SERIES 230

ABCDEFGHIJKLMNOPQRSTUVWXYZ
abcdefghijklmnopqrstuvwxyz

1234567890

Tabasco Bold

टबास्को बोल्ड

SERIES 255 | 36 Point

ABCDEFGHIJKLMNO

PQRSTUVWXYZ

abcdefghijklmn

opqrstuvw

1234567890

Tabasco Bold Outline

टबास्को बोल्ड आउटलाइन

SERIES 256

ABCDEFGHIJKLMNO

PQRSTUVWXYZ

abcdefghijklmn

opqrstuvwxyz

1234567890

ABCDE
FGHIJK
LMNOP
QRSTU
VWXYJ
Z&R?ST

SINGLE-STROKE ROMAN

abcdefg
hijklmno
pqrstuv
wxyz&a
12345
67890

ROMAN *Single Stroke*

BROADWAY

ब्रॉडवे

A B C D

E F G H I

J K L M

N O P Q R

S T U V

W X Y Z

CARTOON ALPHABET

कार्टून या बैलून

A B C D E

F G H I J

K L M N O

P Q R S T

U V W X

Y Z ? & ¢

NEULAND
न्यूलैण्ड

ABCDE
FGHIJK
LMNOP
QRSTU
VWXYZ

MICROGRAMMA

माइक्रोग्रामा

ABCDEF

GHIJKLM

NOPQRS

TUVW

XYZ

123456

7890

PRISMA

प्रिज़्मा

ABCDEFG

HIJKLMN

OPQRSTU

VWXYZ

12345

6789

KABEL

कैबल

A B C D E F

G H I J K L

M N O P Q

R S T U V

W X Y Z

AGENCY GOTHIC OPEN

एजेन्सी गोथिक ओपन

ABCDEFGH

IJKLMNOPQRS

TUVWXYZ

1234567890

रोमन सिंगल-स्ट्रॉक

ROMAN *Single Stroke*

ABCDEFG

HIJKLMN

OPQRSTU

VWXYZ&

1234567890

abcdefghij

klmnopqrst

uvwxyz

रोमन इटैलिक कैपिटल्स तथा लोअर केस

ROMAN ITALIC CAPITALS AND LOWER CASE

ABCDEFG
HJKLMNO
PQRSTUV
WXYZ&R?
abcdefghjklm
nopqrstuvxyz
abcdefghijklmnop
qrstuvwxyz$1234
567890¢ ABEFHMNT

मैन्युस्क्रिप्ट
Manuscript

ABCDEFGHIJ
KLMNOPQRS
TUVWXYZ

aabcdeffgghij
klmnopqrsttu
vwuxyz

ABCDEFGHIJKLMN
RSTUUVWXYYZ
1234567890

Bold Roman Italics

COOPER

कूपर

A B C D

E F G H I J

K L M N O

P Q R S T

U V W

X Y Z

PARNASSUS ROMAN
परनासस रोमन

ABCDE
FGHIJ
KLMNO
PQRST
UVW
XYZ

ABCDE
FGHIJK
LMNOP
QRSTU
VWXYZ

FREEHAND FLOURISH ITALIC

फ्रीहैण्ड फ्लौरिश इटैलिक

A B C D E F

G H I J K L

M N O P Q

R S T U V

W X Y Z

STAGECOACH

स्टेजकोच

ABCD

EFGH

IJKL

MNO

PQRS

TUV

WXYZ

PEN SCRIPT
पैन स्क्रिप्ट

A B C D E F G

H I J K L M

N O P Q R

S T U W X Y Z

aabbcdefffghhijkkllmn
oppqqrsssttuuvvwxyz.

1 2 3 4 5 6 7 8 9 0

BARNUM

बैरनम

A B C D E

F G H I J K

L M N O P

Q R S T U V

1 & W X Y Z

2 3 4 5 6 7 8 9 0

CHISEL
चिज़ल

ABCDEFGHIJ
KLMNOPQR
STUVWXYZ
abcdefghij
klmnopqrst
uvwxyz
1234567890

Old English single stroke Text

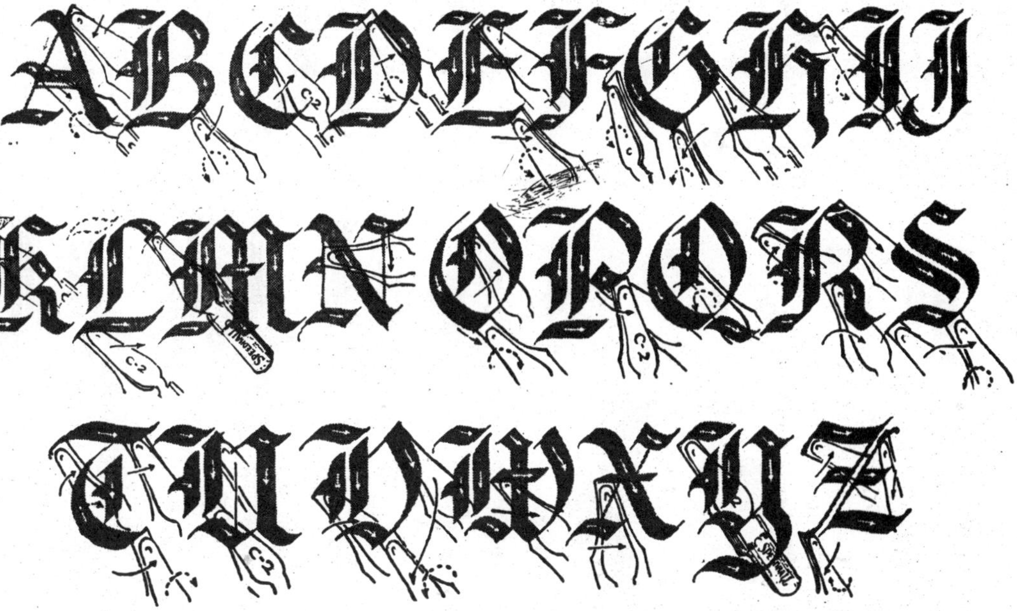

ABCDEFGHIJ
KLMNOPQRS
TUVWXYZ

a a b c d e f f g h
i j k l m n n o p q r s
s t u v w x y z

1 2 3 4 5 6 7 8 9 0

ओल्ड इंगलिश सिंगल-स्ट्रॉक

DIPLOMA

डिप्लोमा

A B C D E

F G H I J

K L M N O

P Q R S T

U V W X

Y Z ? &

GLORIA BOLD

ग्लोरिया बोल्ड

A B C D E F

G H I J K L M

N O P Q R S T

U V W X Y Z

abcdefghijklm

nopqrstuvwxyz

BRUSH SCRIPT

ब्रुश स्क्रिप्ट

ABCDEF

GHIJKLM

NOPQRS

TUVWXYZ

abcdefghi

jklmnop

qrstuvwxyz

INTERLOCK GOTHIC
इन्टरलॉक गोथिक

ABCDEFGHIJ
KLMNOPQRSTU
VWXYZ
1234567890

ABCDEFGHI
JKLMNOPQR
STUVWXYZ
1234567890

abcdefghijklmnopq
rsstuvwxyz

ORBIT
ऑर्बिट

ABCDEFGHIJKLMN
OPQRSTUVWXYZ
1234567890

ABCDEFGH
IJKLMNOPQ
RSTUVWXYZ
1234567890

BOTTLE NECK

बॉटल नैक

ABCDEFGHIJ

KLMNOP

QRSTUVWXYZ

abcdefghijklmno

pqrstuvwxyz

1234567890

&!?£$.,

CELTIC ROMAN
सेल्टिक रोमन

ABCDEFGHI
JKLMNOPQRS
TUVWXY
abcdefghijklmn
opqrstuvwxyz

OFFBEAT
ऑफबीट

ABCDEFGHIJ
KL MNOPQR
STUVW XYZ

ABCDE
FGHIJK
LMNOP
QRSTU
VWXYZ

DATA'70

डेटा'70

ABCDEFGHI
JKLMNOPQ RST
UVWXYZ &$¢
1234567890

CABLE HEAVY

कैबल हैव्वी

ABCDEFGHIJKL
MNOPQRSTUVWXYZ
abcdefghijkl
mnopqrstuvwxyz
1234567890
&?!ß£$():»«

PUMP
पम्प

ABCDEFGHIJKL
MNOPQRSTUVWXYZ
abcdefghijk
lmnopqrstuvwxyz
1234567890
&?!£$(;)

PLAYBILL
प्लेबिल

ABCDEFGHIJKLM
NOPQRSTUVWXYZ
abcdefghijklmnopqrstuvwxyz
1234567890&?!B£$(;)

UNCIAL

अनसियल

ABCDEF
GHIJKLM
NOPQ RST
UVWXYZ

रोमानटिक्स नं० 5

ABCDEFG
HIJKLMN
OPQRSTU
VWXYZ

ROMANTIQUES No. 5

ANGELUS

एन्जलस

A B C D E

F G H I J K

L M N O P

Q R S T U

V W X Y Z

वैरीएशन

VARIATION

ABCDEFGHIJK
LMNOPQRSTU
VWXYZ

ABCDEFGHIJ
KLMNOPQRST
UVWXYZ &

abcdefghijklmn
opqrstuvwxyz

RINGLET
रिंगलेट

ABCDEFG

HIJKLMNO

PQRSTU

VWXYZ

abcdefghijk

lmnopqrst

uvwxyz

OLD GLORY

ओल्ड ग्लोरी

A B C D E

F G H I J K

L M N O P

Q R S T U

V W X Y Z

DAVIDA BOLD

डेविडा बोल्ड

A B C D E

F G H I J K

L M N O P

Q R S T U

V W X Y Z

FUTURA BLACK

फ्युचुरा ब्लैक

ABCDE

FGHIJK

LMNOP

QRSTU

VWXYZ

LOGWOOD
लॉगवुड

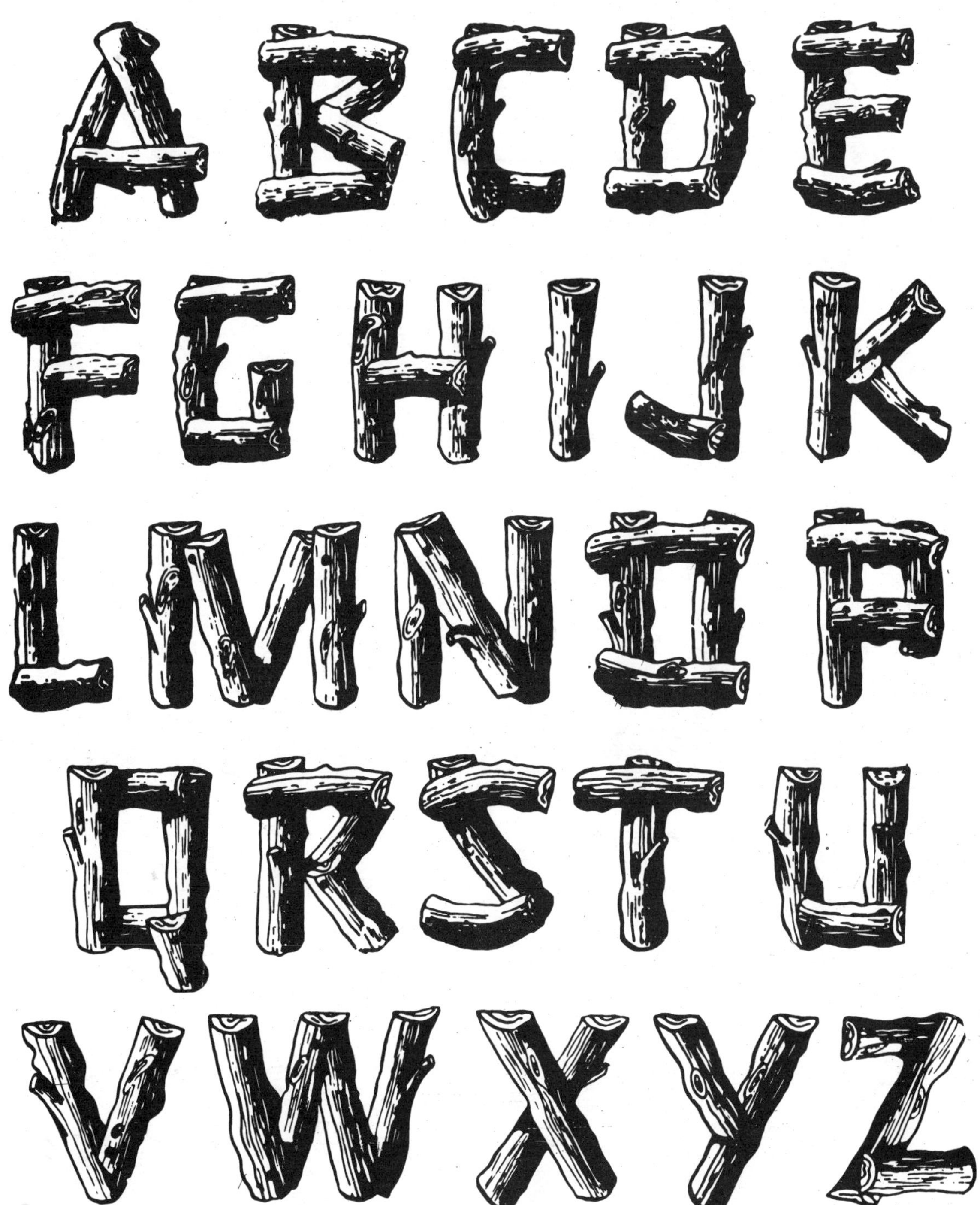

LETTRES OMBREES ORNÉES

लैटर्स ओम्ब्रिस ऑर्निस

SANS-SERIF SHADED
सन्स-सेरिफ शेटेड

ABCDEF
GHIJKLMNO
PQRST
UVWXYZ

CARVED CAPS
कार्वड कैप्स

ABCDEFGHI
JKLTMNOPQ
RSUVXZWY&
123456789

FRANKLIN GOTHIC CONDENSED
फ्रेंकलिन गोथिक कन्डेन्स्ड

ABCDEFGHIJ
KLMNOPQRST
UVWXYZ
abcdefgh
ijklmnopqr
stuvwxyz

1234567890

FINE GOTHIC MODERNE
फाइन-गोथिक मॉडर्न

A B C D E

F G H I J K

L M N O P

Q R S T U V

W X Y Z & ?

NUBIAN

नूबियन

ABCDEF
GHIJKLM
NOPQRS
TUVWXYZ

abcdefghi
jklmnopqr
stuvwxyz

12345
67890

ABC DEF

GHIJ KLM

NOPQ

RSTUVW

XYZ

abcd
efghijk
lmnop
qrstuvw
xyz

HAVE FUN LEARNING THE LATEST DANCES!

SPRING FLOWERS

CHINESE JAPANESE

break the "one-language" habit

visit india spring, fall, winter, summer

Mosques Sultans Harems Yataghs

QUEEN of EGYPT in Shakespeare

OLYMPIA, THE HOME OF GREEK

ONE QUART OF RUSSIAN VODKA

LEARN TO READ GREEK IN ONE EASY

BIRTHDAY

MONOGRAM
मॉनोग्राम

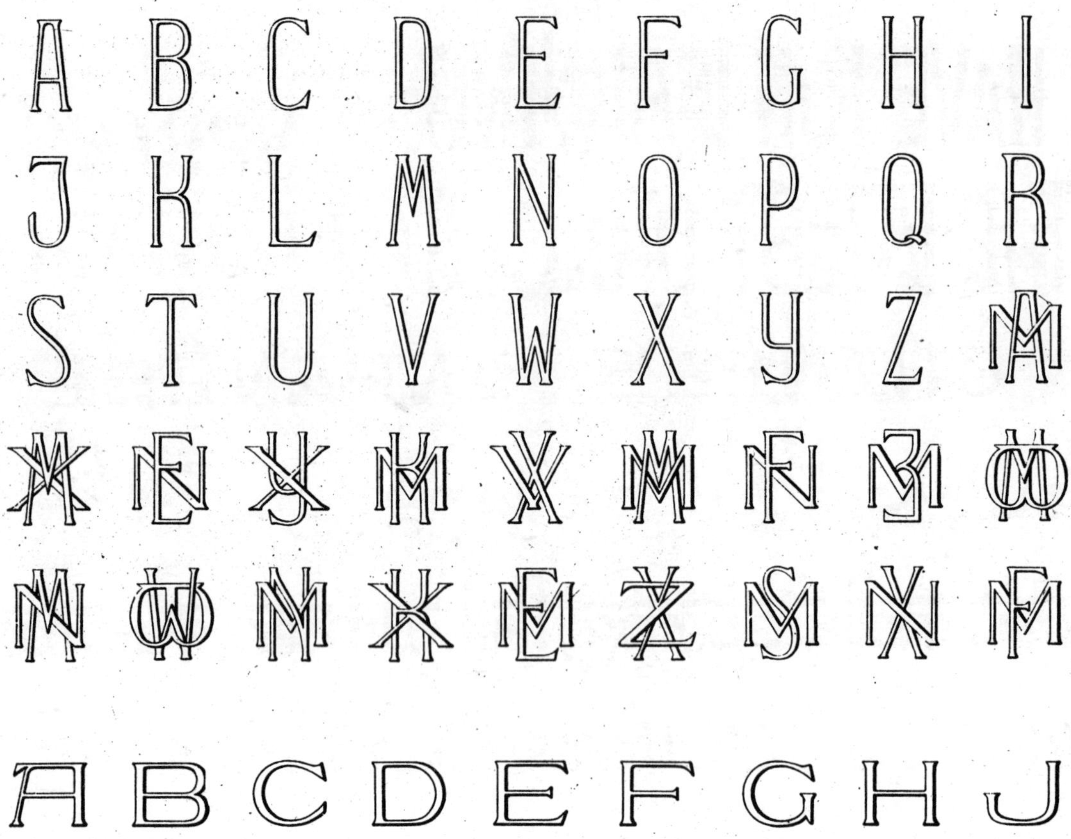

A B C D E F G H I

J K L M N O P Q R

S T U V W X Y Z

A B C D E F G H J

J K L M N O P Q R

S T U V W X Y Z

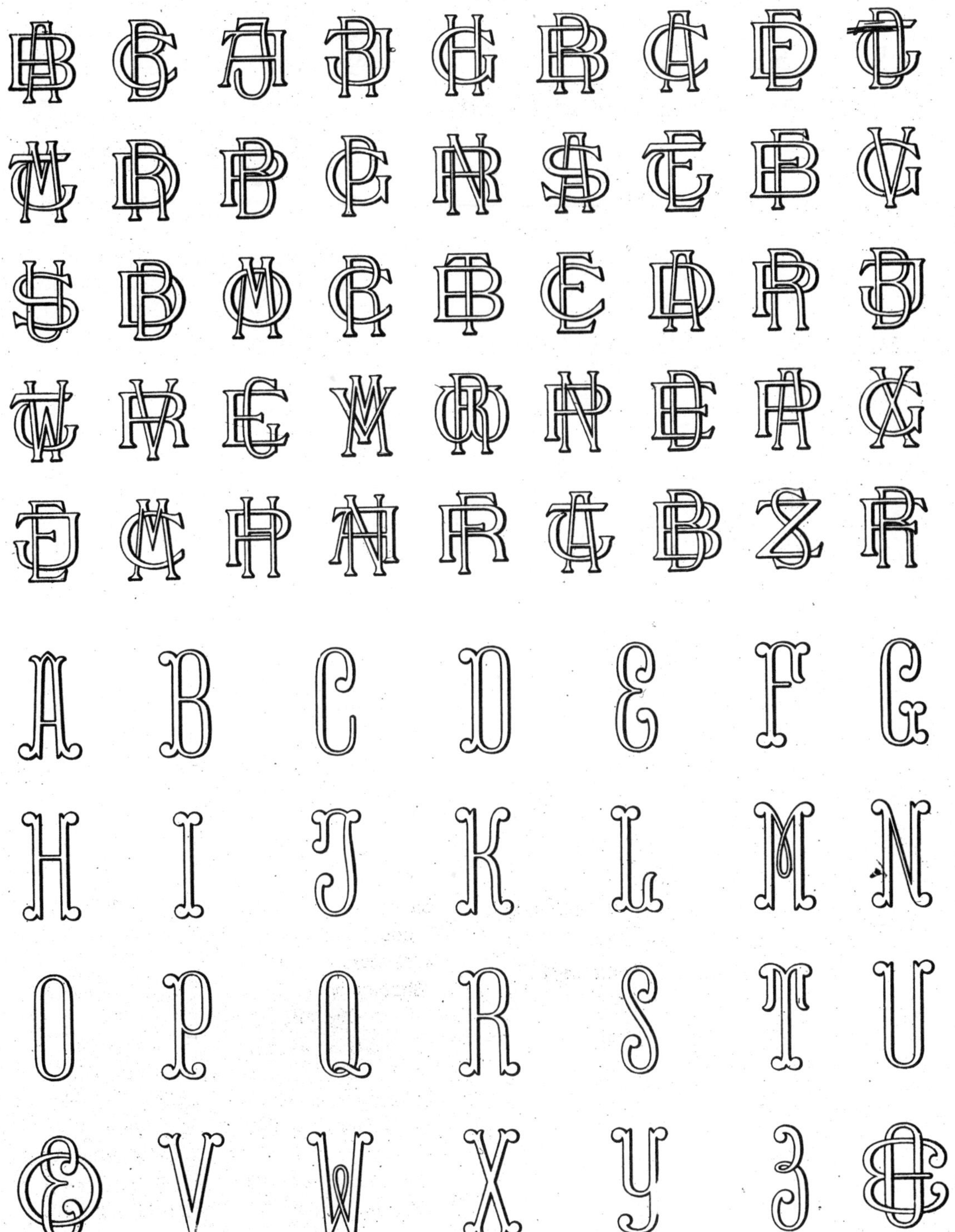

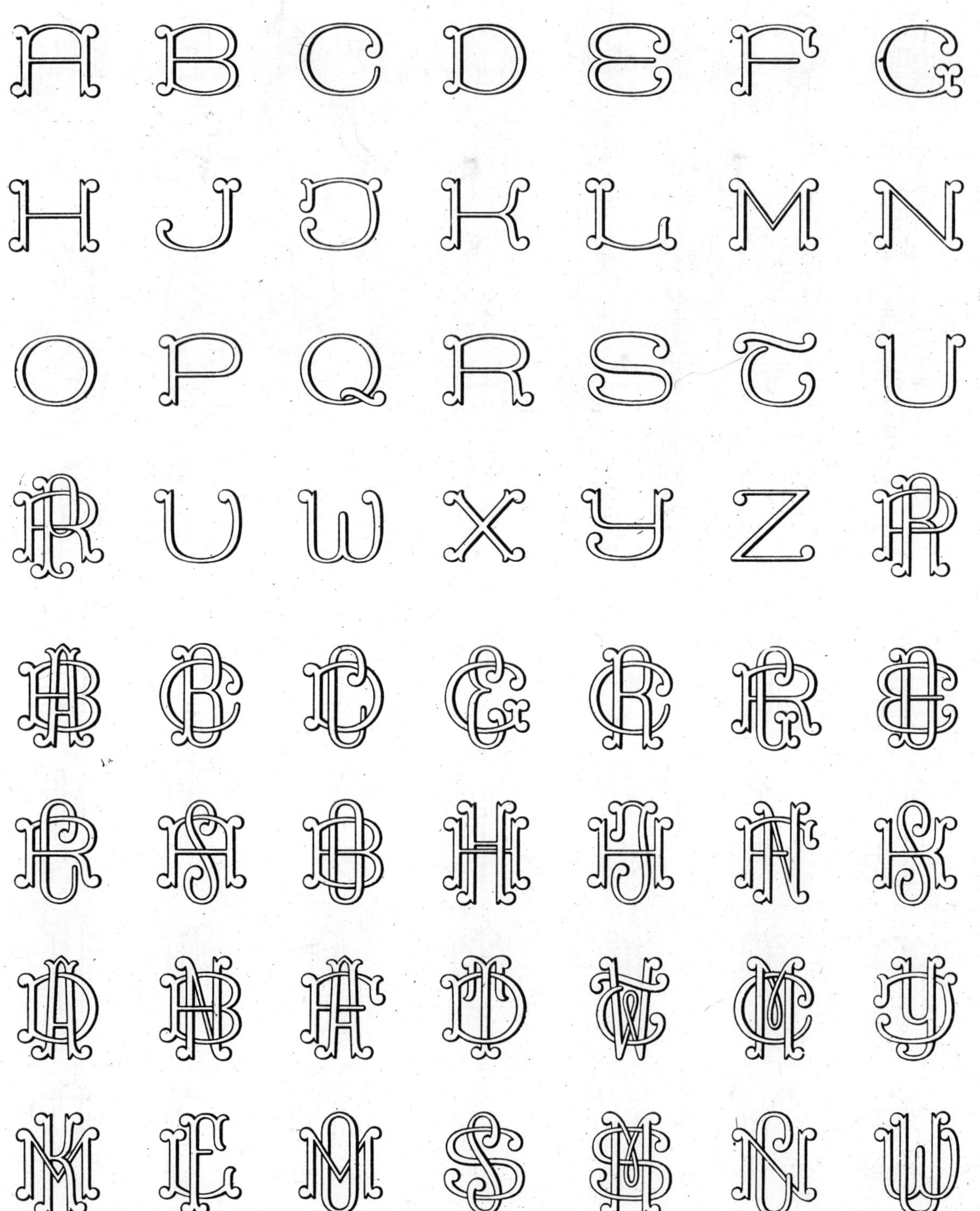

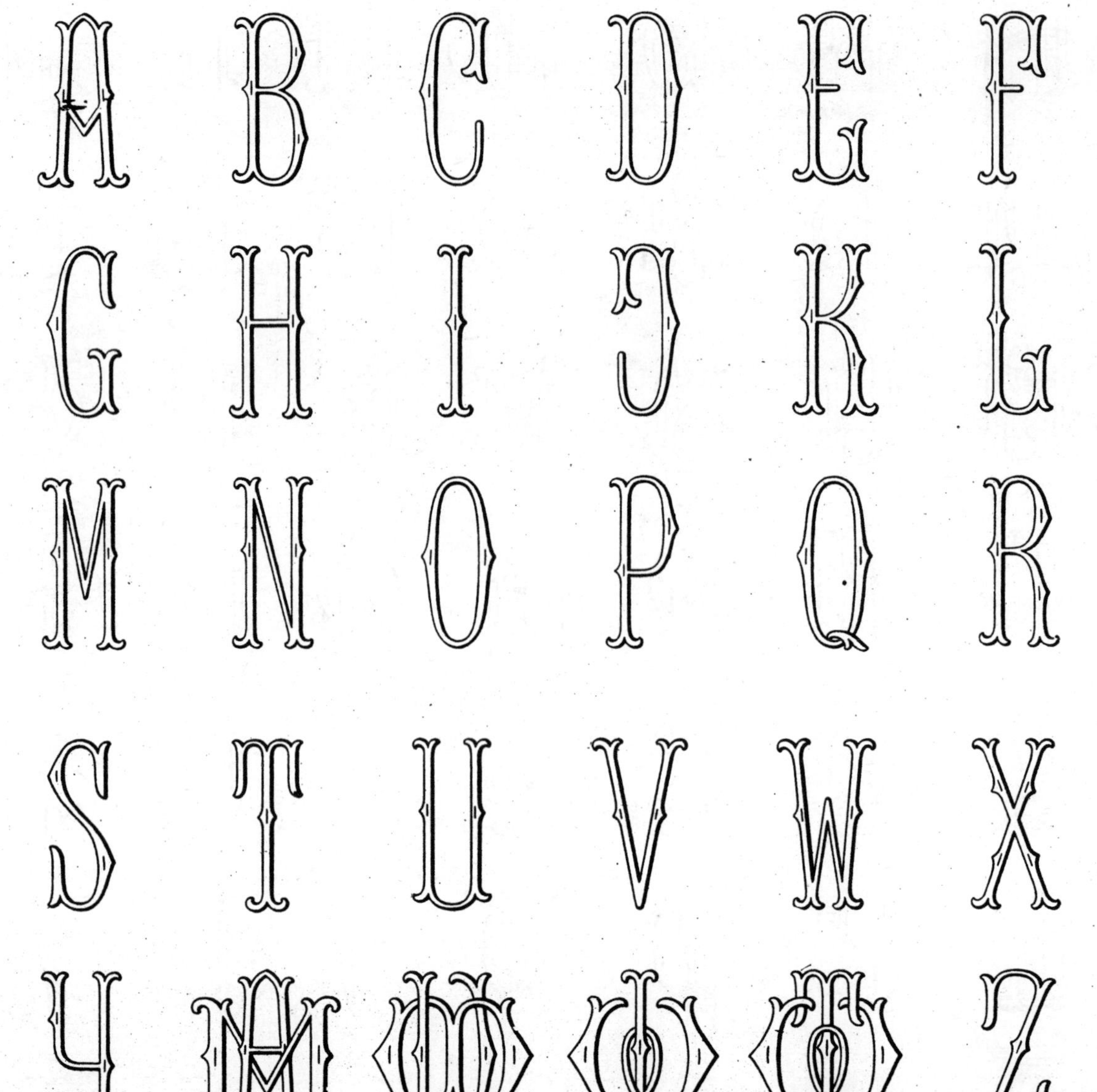

A B C D E F

G H I J K L

M N O P Q R

S T U V W X

Y Z

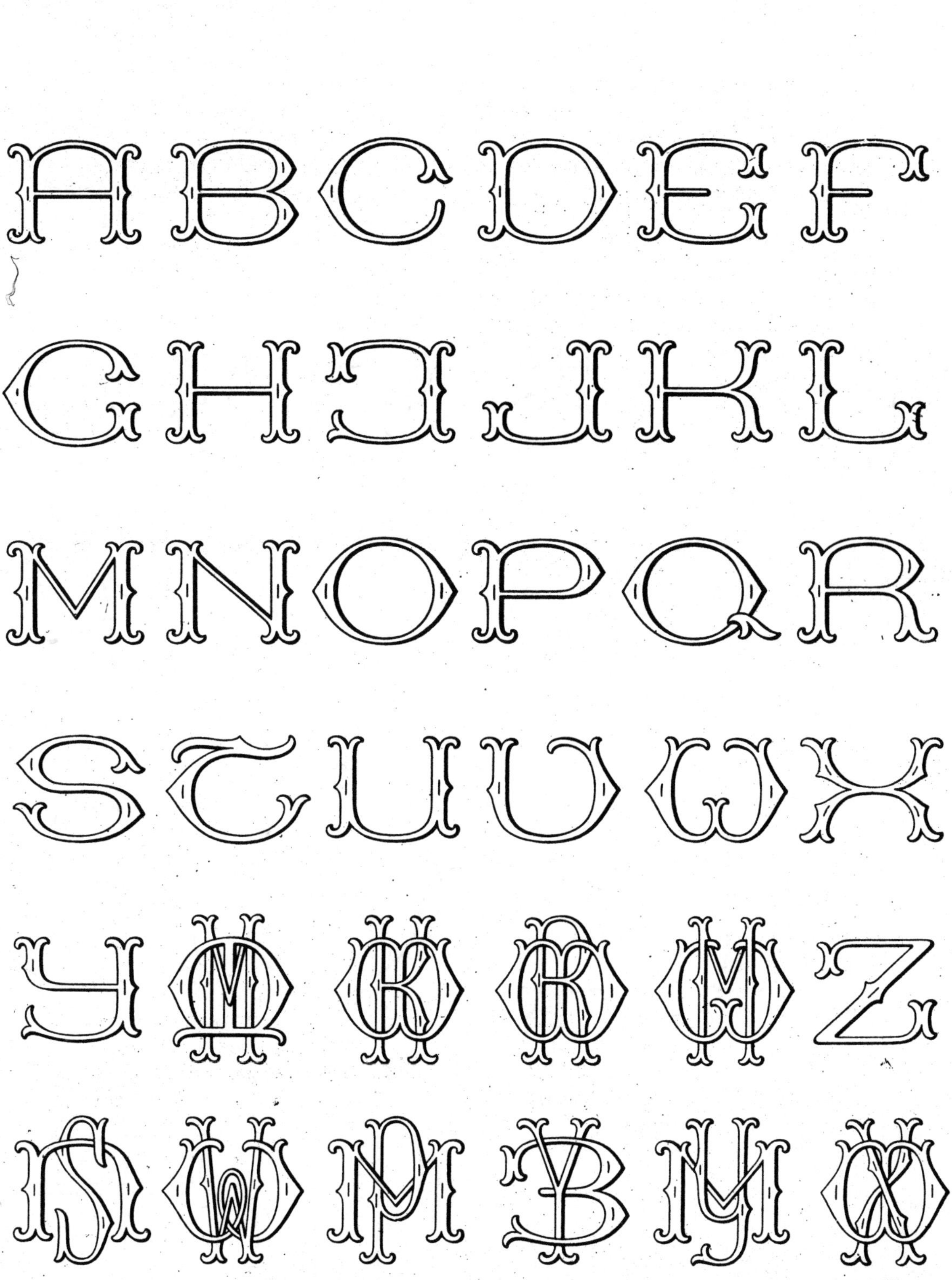

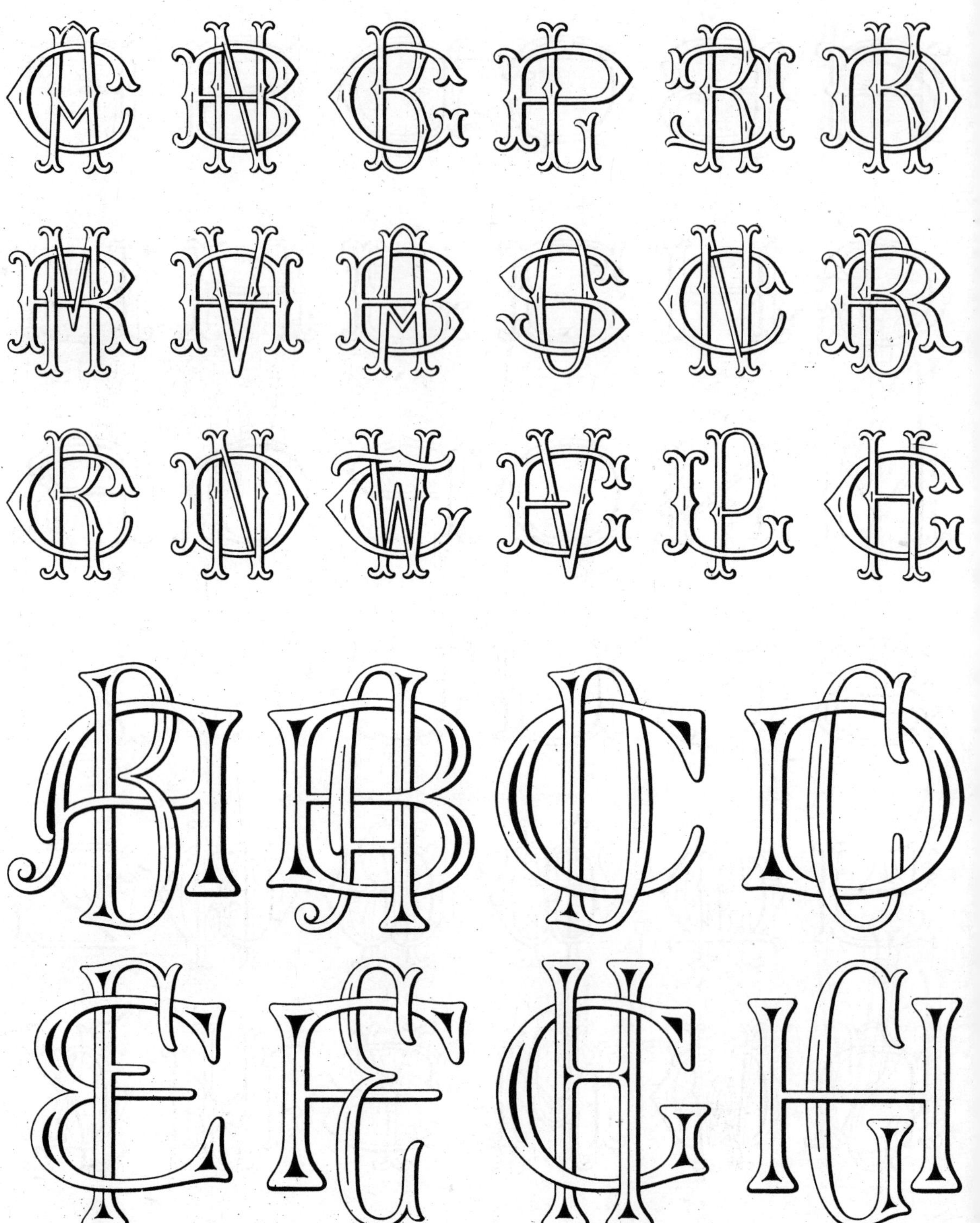

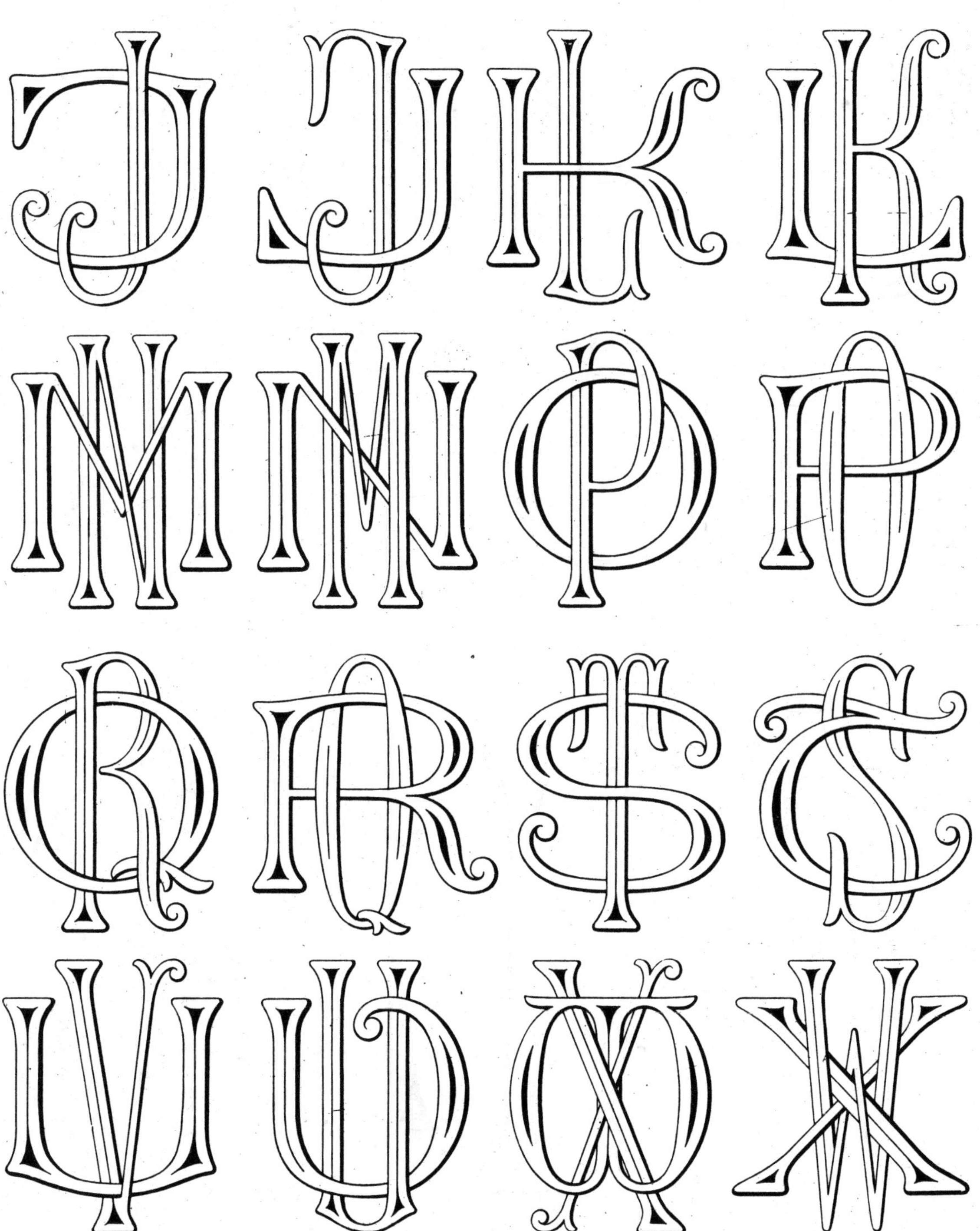

अध्याय : 8

हिंदी टाइप तथा लैटरिंग

छपाई का प्रचलन बहुत प्राचीनकाल से चीन और जापान में था। यूरोप में यह कला पंद्रहवीं शताब्दी में चीन से गई। आरंभ में लकड़ी पर अक्षरों की खुदाई होती थी और उनसे छाप ली जाती थी।

जर्मनी के एक कारीगर ने सबसे पहले इस दिशा में महत्त्वपूर्ण कदम बढ़ाया था। उसकी सफलता देखकर अन्य देश वालों का ध्यान भी इस ओर गया। पंद्रहवीं शताब्दी के अंत तक फ्रांस और इंग्लैंड में भी छपाई की कला का प्रचार हो चुका था। सोलहवीं शताब्दी में पुर्तगाल में इस कला का प्रचार हुआ और सन् 1550 ई. में पुर्तगाली इस कला को भारतवर्ष में ले आए। उन्नीसवीं शताब्दी के बाद इस कला में तीव्रगामी सुधार हुए।

देवनागरी टाइप तैयार करने का काम इस देश में उन्नीसवीं शताब्दी के आरंभ में शुरू हुआ। कलकत्ता शहर में एक कारीगर ने इस ओर पहला कदम बढ़ाया, परंतु वह पूर्ण रूप से सफल नहीं हो सका। कई वर्षों की कोशिश के पश्चात् एक दूसरे कारीगर ने इस अधूरे काम को पूरा किया, परंतु इस टाइप का रूप (Face) बड़ा ही भद्दा था। देवनागरी अक्षरों के विस्तृत रूप से प्रचार का श्रेय मुंबई के जावजी दादाजी को है। स्वर्गीय जावजी दादाजी के नागरी टाइप का ही नाम 'बंबइया टाइप' पड़ा, जो खंड-प्रणाली पर तैयार हुआ और आज भी उसके अधिकांश टाइप खंड ही हैं, यद्यपि अनेक अखंड टाइप भी बंबइया में तैयार हो चुके हैं। बंबइया की नकल पर कलकतिया अखंड टाइप तैयार किए गए। आजकल भारतवर्ष में अनेक रूप (Face) के टाइप तैयार किए जाते हैं, जिनका रूप हाथ से लिखे अक्षरों के समान है। इतनी कोशिश के बावजूद विदेशों में अक्षरों के स्टाइल में जो प्रगति हो रही है, उसकी तुलना में भारतवर्ष अभी बहुत पीछे है।

हिंदी-टाइप–इंगलिश टाइप 5 प्वाइंट से लेकर 80 प्वाइंट तक के होते हैं। देवनागरी टाइप की बनावट इंगलिश से एकदम भिन्न है। देवनागरी में अभी तक 8 प्वाइंट से छोटे टाइप नहीं होते। अभी तक देवनागरी में 8 से 72 प्वाइंट तक के टाइप ही उपलब्ध हो सकते हैं। देवनागरी टाइप में अक्षरों के नीचे और ऊपर मात्राएं लगाई जाती हैं, अतः देवनागरी के अक्षरों के टाइप बनाने की रीति इंगलिश से भिन्न है।

देवनागरी टाइप का प्वाइंट अक्षर के सिर पर से लिया जाता है। यह प्वाइंट सभी अक्षरों के लिए समान रूप से रखने का नियम है।

टाइप के फेस की किस्में–हिंदी के सही टाइप अभी तक केवल दो तरह के बने हैं–(1) बॉडी टाइप और (2) हेडिंग-टाइप।

हिंदी लैटरिंग

हिंदी की लिपि देवनागरी है। देवनागरी के अक्षर कलम से लिखे जाते थे। यही कारण है कि इनमें घुमाव और रेखाओं के अनुसार मोटी और पतली रेखाएं होती हैं। देवनागरी को हम रोमन से मिलता-जुलता कह सकते हैं, परंतु इंगलिश और देवनागरी लिपि में काफी अंतर है। देवनागरी में अक्षरों के सिरों पर रेखा होती है। अक्षरों के ऊपर-नीचे, दाएं और बाएं मात्राओं का प्रयोग होता है। आधे तथा संयुक्त अक्षरों का प्रयोग किया जाता है।

अक्षरों की रचना–देवनागरी अक्षर लिखने के लिए अधिक सावधानी की आवश्यकता है, क्योंकि इंगलिश की भांति देवनागरी के अक्षर प्रायः एक स्ट्रॉक से नहीं लिखे जा सकते, अतः आर्टिस्ट का हाथ, लैटरिंग में काफी सधा हुआ होना चाहिए। उसे विभिन्न प्रकार की लैटरिंग करने में दक्षता प्राप्त करने के लिए सूक्ष्मदर्शी होने के साथ-साथ निरंतर प्रयास करते रहना चाहिए।

इन अक्षरों के लिखने के लिए एक या एक से अधिक स्ट्रॉक्स की आवश्यकता होती है। अक्षरों की रचना में एक प्रणाली का प्रयोग करना ही काफी नहीं होता, क्योंकि इनकी रचना में विभिन्न प्रकार के घुमाव, झालर आदि का इस्तेमाल होता है। अक्षर लिखने के लिए अंग्रेज़ी की भांति गाइड लाइनें डाल लेनी चाहिए।

अक्षरों का अभ्यास करने के लिए अक्षरों की रचना के अनुसार वर्णमाला को निम्नलिखित क्रम दिया जा सकता है–

1–अ आ ओ औ अं अः उ ऊ; 2–प ष फ ण; 3–इ ई ड ङ ह झ; 4–व ब क; 5–ए ऐ ख र स ण; 6–न ग म भ झ; 7–ध घ छ; 8–ट ठ द ढ; 9–च य थ क्ष; 10–ज त्र ज्ञ; 11–त ल त्र।

अक्षर लिखने का सबसे सरल और सही तरीका ग्राफ का है। जिस ऊंचाई के अक्षर बनाने हों, उस ऊंचाई के बराबर एक खड़ी रेखा खींचकर उसको समभागों में विभाजित कर लेते हैं। अंग्रेज़ी की भांति प्रत्येक अक्षर की ऊंचाई 7 वर्ग में होती है, परंतु मात्रा के लिए 3 वर्ग अलग से और होते हैं। इसके बाद इन समभागों से रेखा पर लंब रूप समानांतर रेखाएं खींचकर वर्ग बना लेते हैं। यदि अक्षरों की रचना विषम-कोणिक करनी है, तो उपयुक्त कोण पर झुकी हुई समानांतर रेखाएं खींचकर वर्ग के स्थान पर समचतुर्भुज बना लेते हैं। प्रत्येक अक्षर के बीच एक या दो वर्ग स्टाइल के अनुसार छोड़ जाते हैं।

ग्राफ द्वारा देवनागरी अक्षरों को लिखना सरल तो ज़रूर है, परंतु इस विधि से समय बहुत नष्ट होता है और विभिन्न स्टाइलों के अक्षर भी नहीं लिखे जा सकते।

शुरुआत में आप ग्राफ की सहायता से अक्षर लिखने का अभ्यास कर सकते हैं, परंतु आपको फ्रीहैंड द्वारा अक्षरांकन का अभ्यास करना चाहिए। गाइड लाइनें खींचकर अक्षरों की ड्राइंग करने का अभ्यास कीजिए।

इंगलिश की भांति हिंदी भी ब्रुश तथा स्पीडबाल पेनों द्वारा लिखी जा सकती है। ब्रुशों तथा पेनों का इस्तेमाल स्टाइल के अनुसार किया जाता है। इंगलिश के स्टाइलों को ध्यान में रखते हुए आप देवनागरी में भी गॉथिक, रोमन तथा टैक्स्ट स्टाइलों के अक्षर लिख सकते हैं।

अक्षरों की बनावट में उनकी कलात्कता और रूप-सज्जा के साथ-साथ स्पष्टता पर भी विशेष ध्यान देना चाहिए। विज्ञापन, होर्डिंग, बुक-जैकेट आदि सभी प्रचार माध्यमों के अक्षरों में संदेश-वहन की सामर्थ्य होनी चाहिए।

देवनागरी के अंक–अक्षरों की रचना के अनुसार ही अंकों की रचना की जाती है। देवनागरी के २, ३ और ० अंग्रेज़ी के अंकों से मिलते-जुलते होते हैं, परंतु १, ४, ५, ६, ७, ८ और ९ की बनावट बिल्कुल भिन्न होती है।

१२३४५६७८९०

१२३४५६७८९०

१२३४५६७८९०

१२३४५६७८९०

१२३४५६७८९०

हिन्दी-टाइप

8 Point

वहां कसाई लोग रहते थे। वे वहां के बकरे

एक गांव था। वहां कसाई लोग रहते थे।

10 Point

उपज अधिक से अधिक बढ़ाकर मातृभूमि की सेवा करें।

12 Point

निर्धन होने के कारण, उससे मिलने के लिए वह

प्रचार के लिए अनेक स्थानों पर लाटें और स्तूप

प्रेम से शासन किया, इसलिए उसे महान कहते हैं।

14 Point

परंतु स्वयं निधन होने के कारण,

क्या आप यहां आने का कष्ट करेंगे?

16 Point

अधिक से अधिक बढ़ाकर मातृभूमि

18 Point

अपील है कि वे खेती की उपज

20 Point

खेती की उपज अधिक से

24 Point

धनराशि होती थी।

36 Point

अनाथालयों

विभिन्न प्रकार के अक्षर लेख

अ ई उ ऊ ए

क ख ग घ ङ

च छ ज झ ञ

ट ठ ड ढ ण

त थ द ध न

प फ ब भ म

य र ल व श

ष स ह क्ष त्र ज्ञ

ि ु ू ो

अ आ इ ई

उ ऊ ए ऐ

ओ औ अं अः

क ख ग घ ङ

च छ ज झ ञ ट ठ

ड ढ ण त थ द ध

न प फ ब भ म य

र ल व श ष स ह

क्ष त्र ज्ञ ि ा ु ू ो ौ

अ इ उ ए क ख ग

घ च छ ज झ ट ठ

ड ढ ण त थ द ध

न प फ ब भ म य

र ल व श ष स ह

क्ष त्र ज्ञ झ ण श

ी ु ू ो

अ इ उ ए क

ख ग घ च छ

ज झ ट ठ ड ढ त

थ द ध न प फ

ब भ म य र ल व

श ष स ह क्ष त्र

ज्ञ ण ि ु ो

अ इ उ ए

क ख ग घ च

छ ज झ ट ठ

ड ढ ण त थ

द ध न प फ

ब भ म य र

ल व श ष स

ह क्ष त्र ज्ञ झ

ल ण श ा ग

ु ू ो श्र

अइउए
कखगघच
छजझटठ
डढणतथ
दधनपफ

ब भ म

य र ळ व श

ष स ह क्ष त्र

ज्ञ झ ल ण श

ी ु ू ो श्र

अ इ उ ए

क ख ग घ

च छ ज झ

ट ठ ड ढ

द ण त थ

ध न प फ

ब भ म य र

ल व श ष स

ह क्ष त्र ज्ञ

श्र ि ु ू ो ृ ी

अ इ उ ए

क ख ग घ च

छ ज झ ट ठ

ड ढ ण त थ

द ध न प फ

ब भ म

य र ल व श

ष स ह क्ष त्र

ज्ञ झ ल ए श

ि ु ू ो ौ श्र

अ इ उ ए

क ख ग घ

च छ ज झ

ट ठ ड ढ ण

त थ द ध

न प फ ब

भ म य र

ल व श

ष स ह क

क्ष त्र ज्ञ

ञ श्र

ि ु ू ो ि

अ इ उ ए

क ख ग घ च

छ ज झ ट ठ ड

ढ ण त थ द ध

न प फ ब भ म

य र ल व श

ष स ह क्ष

त्र ज्ञ ळ ण श्र

ि ु ू ी

अ ई ऊ ए क

ख ग घ च छ

ज झ ट ठ

ड ढ ण त थ

द ध न प फ

ब भ म य

र ल व थ

ष स ह क्ष

त्र ड़ ज्ञ श्र

ल ण श

ि ु ू ौ

अ ई ऊ ए

क ख ग घ च

छ ज झ ट ठ

ड ढ ण त थ

द ध न प फ

ब भ म य र

ल व श ष स

ह क्ष त्र ज्ञ झ

ल ण श

ि ु ू ौ श्र

अ इ उ ए

क ख ग घ च

छ ज झ ट ठ

ड ढ ण त थ

द ध न प फ

ब भ म

य र ल व श

ष स ह क्ष त्र

ज्ञ झ ल ण श

ि ु ू ो श्र

अ इ उ ए

क ख ग घ च

छ ज झ ट ठ

ड ढ ण त थ

द ध न प फ

ध भ म

य र ल व श

ष स ह क्ष त्र

ज्ञ झ ल ण श

ि ु ू ो ौ श्र

अ इ उ ए

क ख ग घ

च छ ज झ

ट ठ ड ढ

ण त थ द

ध न प फ ब

भ म य र ल

व श ष स ह

क्ष त्र ज्ञ ळ श

श्र ण ा ी ु ू ी ि

अ इ उ ए क

ख ग घ च छ ज झ

ट ठ ड ढ ण त थ द

ध न प फ ब भ म

य र ल व श ष स

ह क्ष त्र ज्ञ

ि ी ु ू ो

अ इ उ ए क

ख ग घ च छ ज

झ ट ठ ड ढ ण त

थ द ध न प फ ब

भ म य र ल व श

ष स ह क्ष त्र ज्ञ

ि ु ू े

अ ई ऊ ए

क ख ग घ

च छ ज झ ट

ठ ड ढ ण

त थ द ध न

प फ ब भ

म य र ल व

श ष स ह ळ

त्र ड़ भ ल

ण श श्र

ि ु ू ा ौ

अ ई ऊ ए

क ख ग घ च

छ ज झ ट ठ

ड ढ ण त थ

द ध न प फ

ब भ म

य र ल व श

ष स ह क्ष त्र

ज्ञ श्र ल ऌ श

ी ु ू ौ ग्र

अ इ उ ए

क ख ग घ च

छ ज झ ट ठ

ड ढ ण त थ

द ध न प फ

ब भ म

य र ल व श

ष स ह क्ष त्र

ज्ञ श्र ल ए श

ि ु ू ो ौ

अ इ उ ए क ख

ग घ च छ ज झ ट ठ

ड ढ ण त थ द ध न

प फ ब भ म य र ल

व श ष स ह क्ष त्र ज्ञ

ि ु ू ी

अ इ उ ए क

ख ग घ च छ ज

झ ट ठ ड ढ ण त

थ द ध न प फ ब

भ म य र ल व श

स ष ह क्ष त्र ज्ञ

ि ु ू ी

अ इ उ ए

क ख ग घ च

छ ज झ ट ठ

ड ढ ण त थ

द ध न प फ

अ इ उ ए

क ख ग घ च

छ ज झ ट ठ

ड ढ ण त थ

द ध न प फ

ब भ म य र

ल व श ष स

ह क्ष त्र ज्ञ फ

ळ ॡ ऋ

ि ा ौ श्र

अ इ उ ए क ख

ग घ च छ ज झ

ट ठ ड ढ त थ द ध

न प फ ब भ म

य र ल व श ष स ह ञ

झ ण ण ु ू ो ि

अ इ उ ए क

ख ग घ च छ ज

झ ट ठ ड ढ त थ

द ध न प फ ब भ

म य र ल व श ष

स ह क्ष त्र ज्ञ ण

ा ु ू े ो ै ि

अ इ उ ए क

ख ग घ च छ ज झ

ट ठ ड ढ त्त थ द

ध न प फ ब भ म य

र ल व श

ह क्ष त्र ज्ञ ण

ि ी ु ू ो ै

अ इ उ ए क ख

ग घ च छ ज झ

ट ठ ड ढ ण त

थ द ध न प फ

ब भ म य र व

ल श ष स ह

क्ष त्र ज्ञ ि ु ू ो

अ इ उ ए क

ख ग घ च छ ज

झ ट ठ ड ढ ण त

थ द ध न प फ ब

भ म य र ल व श

ष स ह क्ष त्र ज्ञ

ि ु ू ी

संगीत
दीवार
स्पीड
ठंडा
काँटे
आग
स्टार
रस्सी

जो शान का परिचायक है,

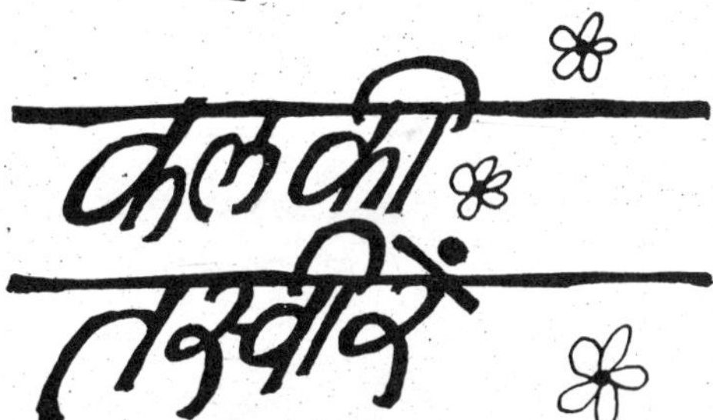

की उमंग

मानसिक

और हमारी लोकसंस्कृति

पार्टी में शान देखते ही बनती है

हवी मैत्रीण आधुनिकतम

रिकार्ड तोड़ना

आगमन

बढ़ती हरियाली

तुलसी में आधुनिक

डिलक्स सिन्दूर

ऐसा भी हुआ

नन्हे मुन्ने बच्चे

किफ़ायती

विशाल

कलात्मक तस्वीर

अजन्ता और एलोरा

नूरजहाँ

आइस-क्रीम

माँ

औसत आदमी

खादुई करिश्मे

कलात्मक तस्वीर

आज ही ख़रीदिये

प्रतिचोट भारत की धरती पर

इलैक्ट्रिक ब्लैक नाइट

अजंता

बालजगत

15 दिन में वायलिन सीखिए

चिकित्सा

15 दिन में सितार सीखिए

बोलती डिक्शनरी

हारमोनियम

यह सौंदर्य
तीसरा हिस्सा
आशा
तो
कम है
शक्तिशाली
ट्रांजिस्टर रेडियो
सहायक हो

खज़ाना बालजगत

रैपिडैक्स

निकेतन सब्जियों

लेटेस्ट स्टायल

गुलाबी वर्ष गीता

लोमहर्षक रामायण

71 Fun Projects and Crafts for Boys & Girls

– Vikas Khatri

One of the most interesting ways to render your child busy, this book never fails in keeping children engaged with various types of art and craft fun. The best thing about the book is that it gives the child more ideas to think of with household items present around them. Fun Projects and Crafts include simple demonstrations for the children to grasp the methods lucidly. This book will definitely help children get involved in the most creative experiences while they learn to spend their time much more efficiently.

An exhaustive list of craft experiences spread across 71 chapters such as Cardboard Boomerang, Rose-scented Necklaces, A Bed for your Pet, How to Play Rock Golf, How to cut a Stencil and Make-up Trunk offer the best varieties of indoor games for children.

A must-buy book for children offering a complete fruitful indoor experience. This book is full of innovative ideas that can be implemented in the easiest of ways. Children will now dearly look forward to evenings and afternoons full of arts and crafts fun.

Demy Size • Pages: 152 • Price: Rs. 100/- • Postage: Rs. 25/-

Crafts & Projects for Children

– Vikas Khatri

Every craft and project in this book has been carefully designed to give boys and girls aged 6-13, imaginative and exiting things to do. Each project can be made from discarded, waste or inexpensive materials, most of which are available at home.

The simple principles learned from this book will encourage the reader to create many more projects of his/her own. Sometimes a little help or guidance from an older person may be necessary – this should be kept to a minimum to enable the child to get the maximum satisfaction from the finished result. This book will prove a useful tool in their search for fun.

Demy Size • Pages: 136 • Price: Rs. 100/- • Postage: Rs. 25/-

आओ, कार्टून बनाना सीखें

–डॉ. अनुज शेषा

इस दौर में देश-भर के तमाम पत्र-पत्रिकाओं में कार्टूनिंग एक अनिवार्य कॉलम तथा अन्य रूपों में स्थापित हो चुकी है। यह इतनी लोकप्रिय है कि करोड़ों पाठक इसके बिना किसी अखबार और पत्रिका की कल्पना ही नहीं कर सकते। हास-परिहास, व्यंग्य-विनोद में हर उम्र के लोगों की गहरी रुचि होती है। बच्चों में तो यह और भी अधिक रहती है। छपे हुए कार्टून-चित्रों को देखकर वे हर्ष-उल्लास से भर उठते हैं। उनके भीतर तेज़ गुदगुदी होती है और स्वयं भी कार्टून बनाने में जुट जाते हैं। स्कूल हो, घर हो या कहीं और, उन्हें पेंसिल लेकर जीते-जागते लोगों के कार्टून बनाने में बड़ा मज़ा आता है। वे चाहने लगते हैं कि इस दिलचस्प विधा को स्वयं सीख जाएं और एक सफल कार्टूनिस्ट बनें।

इसी दृष्टि से यह पुस्तक तैयार की गई है कि विधिवत् कार्टून बनाना सीखें। ये सिंगल कॉलम में हों, शृंखला में हों या कॉमिक्स में, डॉ. अनुज शेषा ने अपने 26 अभ्यासों में एक-के-बाद एक कार्टून के सभी पहलुओं को सचित्र रूप में समझाया है। इसमें सामग्री, बनाने की तकनीक, कॉलम, कार्टून के भाग, आउट लाइन, संकेत चिह्न, लोकेशन, माप, पोज, पात्रों की आकृतियां, मुद्राएं, वेशभूषा, कैरीकेचर आदि को छोटे-छोटे अभ्यासों में बांटकर इनके आधार पर पूरा कार्टून अंकन सिखाया है। ये सभी तरीके बहुत आसान हैं। इस प्रकार इन्हें सीखकर और निरंतर अभ्यास करके आप सफल कार्टूनिस्ट बन सकते हैं और आगे चलकर इस प्रोफेशन को अपनाकर कैरियर भी बना सकते हैं।

डिमाई आकार • पृष्ठ : 96
₹ 100/- ***डाकखर्च : 15/-***